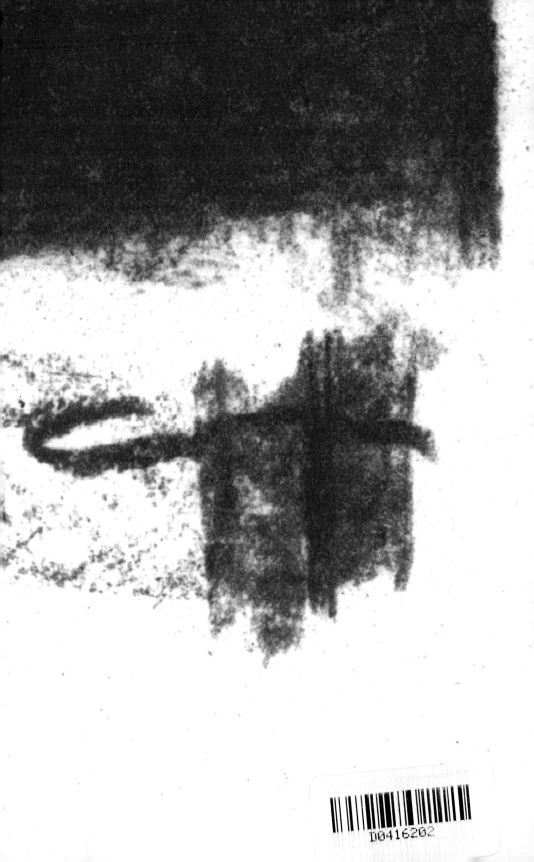

La collection
ROMANICHELS
est dirigée par
André Vanasse

De la même auteure

GUY, Hélène, André MARQUIS *et al.*, *Le choc des écritures: procédés, analyses et théories*, Québec, Éditions Nota bene, 1999, 225 p.

Amours au noir

La publication de cet ouvrage a été rendue possible grâce à l'aide financière du ministère du Patrimoine canadien par l'entremise du Programme d'aide au développement de l'industrie à l'édition (PADIÉ), du Conseil des Arts du Canada, du ministère de la Culture et des Communications du Québec et de la Société de développement des entreprises culturelles.

et

Hélène Guy

Dépôt légal : 4e trimestre 1999
Bibliothèque nationale du Canada
Bibliothèque nationale du Québec
ISBN 2-89261-276-4

Distribution en librairie :
Dimedia inc.
539, boulevard Lebeau
Ville Saint-Laurent (Québec)
H4N 1S2
Téléphone : 514.336.39.41
Télécopieur : 514.331.39.16
Courriel : general@dimedia.qc.ca

Conception typographique et montage : Édiscript enr.
Maquette de la couverture : Zirval Design
Illustration de la couverture : Dominique Guy, *Anthracite*, 1999
Illustration des pages de garde : Détail de la couverture
Photographie de l'auteure : Claude Demers, UQTR

Hélène Guy

Amours au noir

Séduire et jeter après usage

roman

XYZ
éditeur

Romanichels

Remerciements

Merci à Noël Audet qui m'a dit un jour : « Écrire, c'est comme naviguer. » Et je sais qu'il tient son cap comme pas un !

Merci à André Vanasse et à son équipe pour leur confiance et leur respect. Je suis heureuse de franchir le seuil de leur maison.

Merci aux gens que j'aime, qui ont lu les mille et une pages dont ce roman est l'héritier.

Les visages cachés de Rachel

À ma mère,
qui m'a donné sa plume
et le nom de Rachel,
nom de sa propre mère

nul n'aura été témoin
de l'escale où je dérive
faisant corps avec le vent
qui me déséquilibre
à chaque bourrasque
et je ravale mes rêves
à portée d'écume

Hélène Guy,
« Escale sauvage »

I

MARIE-JO

Le pacte orphelin

Les vagues fouettaient déjà le quai quand je me suis levée. L'eau de la douche coulait en cascade sur les seins de Rachel et j'ai eu envie de la rejoindre. J'ai ouvert le rideau : elle m'a aussitôt enveloppée du trop-plein de mousse qui masquait son corps. Nos mains huileuses se noyaient dans nos cheveux et dans nos poils. Rachel a bu à son tour à mes seins, puis a sorti le rasoir qu'elle a promené sur ma peau brune de fin d'été.

— Marie-Jo, qui veux-tu inviter ce soir ? m'a-t-elle demandé en me fixant de ses yeux noirs d'oiseau de proie.

Je ne désirais rien d'autre qu'un souper à la chandelle devant le lac, en tête-à-tête avec mon amoureuse. S'imaginait-elle que je trouvais cela facile de retourner seule à Montréal pour étudier ? D'un geste triste, j'ai effleuré ses hanches avant de l'embrasser doucement, en imprimant ses lèvres dans ma mémoire.

Rachel aussi voulait prolonger, seule avec moi, ce moment à la fois difficile et inévitable.

— Ça me fait drôle de rester à Magog cette année... a-t-elle ajouté en se blottissant contre moi.

Je l'ai serrée dans mes bras, ses joues ont caressé les miennes et nous avons pleuré. Nous sommes allées nous recoucher, nues dans nos draps de flanelle. Le vent poussait les branches de l'érable contre la fenêtre. Mes mains sur sa peau glissaient de la pointe de ses seins à la naissance de ses poils, dans un mouvement qui s'amplifiait progressivement. À chaque virage, Rachel prenait la relève. Nous respirions au rythme de nos caresses et nos corps ondulaient, emportés par le souffle des tempêtes d'automne.

Rachel s'était levée avant moi pour m'entourer de délicatesses. Elle avait mis la table sur la galerie, face au lac Memphrémagog. Nous habitions le chalet de son frère qui séjournait en Afrique pour dix-huit mois. Ce paradis devait servir de résidence principale à Rachel. Nous avions résilié notre bail à Montréal. Des amis m'hébergeraient jusqu'en mai.

— Tu regardes le pro en planche à voile? lui ai-je demandé naïvement.

— C'est une fille! m'a-t-elle répondu d'un ton trop sec pour que je me taise.

Rachel m'a apporté les jumelles et j'ai reconnu Maude Jézéquel, celle qui avait acheté la veille le même vin que nous à la Société des alcools.

— Qui est Maude au juste pour toi?

Pour éluder la question, Rachel a ramassé les assiettes et les a mises au lave-vaisselle. Elle a rapporté du café et du lait chaud. Ses gestes se sont adoucis et elle est venue derrière moi me masser les trapèzes. Elle s'est courbée sur mon dos. Ses cheveux raides ont balayé ma nuque et j'ai senti son odeur mêlée à la mienne. Sa robe de chambre en ratine blanche me servait de cache. Je me suis retournée et j'ai vu dans ses rides un mélange de désir et de détresse. Étais-je devenue la femme dont elle s'éloignait?

— Nous pourrions aller au mont Chauve, ai-je proposé à Rachel.

— J'ai surtout envie de me retrouver seule avec toi, loin des touristes.

Puisque j'avais décidé de ne partir que le lendemain, à la première heure, Rachel a accepté enfin ma proposition. Le mont Chauve signifiait pour moi un moment important dans notre relation amoureuse et cela, elle ne pouvait l'ignorer. C'est sans doute pour cette raison qu'elle reportait toujours cette fameuse randonnée.

— Tu prépares le lunch et moi le sac à dos : ça te va ?

Rachel savait que j'avais horreur de faire ou de défaire des bagages. D'ailleurs, partout où j'allais, une brosse à dents m'attendait. C'est ainsi que je réussissais à vivre dans deux ou trois maisons sans me sentir étrangère ou invitée. Mais ce jour-là, je me suis demandé si je devais ranger mes affaires dans l'armoire pour laisser plus de place et d'intimité à Rachel. Après tout, c'est elle qui devrait assurer la permanence au chalet. Et seule... Comment allait-elle apprivoiser son quotidien, elle qui aimait s'enrouler autour de moi devant la télévision ou retrouver une maison pleine de vie au retour du travail ? J'ai hésité avant de lui demander tout cela et j'ai finalement décidé de lui en parler au sommet de la montagne, sur le rocher aux Corbeaux.

Rachel s'est avancée vers moi, m'a fixée dans les yeux et m'a serrée très fort, comme si elle pressentait qu'elle allait bientôt s'échapper. Je n'ai pas compris le sens de son geste, mais j'ai pensé, je ne sais trop pourquoi, aux enfants qu'elle voulait, à mes études en communication, en somme, à nous. Elle a coupé court à nos effusions en me tendant la gourde pour que je la remplisse de jus de pomme.

— Déjà onze heures. On sera en haut de la montagne à treize heures. Tayaut !

À chaque randonnée que nous faisions, je criais
« Tayaut ! » comme dans une chasse à courre et je réglais le
chronomètre. Nous marchions toujours d'un bon pas en
portant des sacs bien ajustés. Les goûts de Rachel pour les
équipements ultra-légers, esthétiques et résistants m'inci-
taient à changer d'attitude en montagne.

— Rachel, j'ai envie de prendre le sentier de l'Érablière.
Qu'en penses-tu ?

— Il n'y a pas moyen de l'éviter ?

Elle s'est détournée, a rempli un verre d'eau très froide
qu'elle a bu par petites gorgées en fixant le rapace au-
dessus de la cheminée. J'attendais son verdict en me ber-
çant sur la chaise qui grinçait.

— D'accord, m'a-t-elle répondu en soulevant son sac
d'une main. Nous prendrons le sentier de l'Érablière.

Sans un mot, nous sommes montées dans sa vieille
Volvo. Elle conduisait brusquement. J'ai ouvert la bouche,
mais j'ai étouffé mes paroles et j'ai retenu ma main attirée
par sa nuque tendue. Elle a mis une cassette et a chanté *Y'a
des amours impossibles* de Geneviève Paris. J'ai croisé les
bras et fixé les lignes blanches. Deux chevreuils ont traversé la route 220 sans que mon pilote songe à ralentir.
Tout à coup, elle m'a dit que le vent dans mes cheveux
blonds et frisés me rendait sensuelle. J'avais beaucoup de
difficulté à saisir le fil conducteur de ses paroles et de ses
gestes. Depuis le matin, je flottais entre deux eaux, tantôt
amoureuse, tantôt heureuse de filer à Montréal. Je devais
absolument me calmer, sortir de cette impasse où j'étais
devenue la proie de Rachel.

Les premiers pas dans l'érablière m'ont redonné du
souffle. Du moins, assez de souffle pour envisager froidement notre prochaine halte à la roche à Pierre. C'est là que
nous avions caché, deux ans auparavant, notre mot. Et je
savais que nous allions le lire, l'endosser ou le brûler. C'est

ce qui m'inquiétait. Je pressentais que ma conjointe couvait une rupture et je n'étais pas du type à faire du sur-place en eaux troubles. Je devais ralentir notre rythme de marche même si c'était moi qui avais insisté pour emprunter ce sentier. J'ai donc simulé une chute en sautant par-dessus un vieil érable parasité par les champignons.

— Marie-Jo! Tu t'es fait mal? m'a demandé Rachel sans s'approcher.

— Ça va aller. Continue et attends-moi à la croisée : je vais me masser la cheville.

Ostéopathe de formation, Rachel a deviné mon jeu et n'a pas voulu partir. Elle est restée debout, appuyée contre un hêtre, la figure au soleil. Je la regardais... Je me demandais si c'était son corps félin aux seins ronds ou son allure vaporeuse qui m'avait attirée quelques années plus tôt, au club de tennis du parc La Fontaine.

J'ai fermé les yeux en me concentrant sur nos premières parties qui s'éternisaient jusqu'à la brunante. Rachel s'élançait et frappait la balle avec la souplesse d'une chèvre de montagne ; sa rapidité l'emportait sur mon équilibre et ma puissance. J'oubliais toujours mon savon au vestiaire : nous devions donc nous doucher côte à côte.

Perdue dans mes rêveries, j'ai mis quelques secondes à me rendre compte que les lèvres qui effleuraient mon visage appartenaient au présent. Rachel buvait à ma peau, annulait la trêve. Nous sommes restées là, enlacées, immobiles.

— Dans quinze minutes, nous serons à la roche à Pierre.

C'était la seule phrase que j'avais prononcée depuis ma chute simulée. Rachel gambadait devant moi et j'observais les muscles élancés de ses longues jambes de femme d'un mètre soixante-dix. J'aurais tant voulu avoir comme elle des jambes au galbe effilé. Rachel me disait que je possédais les talents d'une gymnaste. Je me consolais aussi parce que j'avais la blondeur et la peau satinée des enfants du bord de mer. L'été, le soleil dessinait des mèches dans mes cheveux fins et bouclés. En somme, mon style valait bien le sien !

— Marie-Jo, crois-tu sérieusement qu'on va le retrouver, notre mot ? m'a demandé Rachel d'un ton qui suggérait d'abandonner les recherches avant de les avoir commencées.

— Évidemment ! À moins qu'on décide de le laisser se décomposer... Après tout, il ne contient peut-être rien de vraiment important pour toi ?

— Te souviens-tu de ce que nous avions écrit ?

— Vaguement... J'ai hâte de le relire, ai-je dit sans hésitation. Et toi ?

Elle n'a pas répondu. Décidément, j'avais une amoureuse aussi fuyante qu'un poisson qu'on tente d'attraper à mains nues. D'ailleurs, c'était son signe zodiacal. J'étais Cancer, un autre signe d'eau. Je me souviens qu'un soir, alors que nous prenions une bière au café Cherrier, je lui avais dit : « Un poisson, ça ne s'attrape pas ; il faut frayer avec lui. » Elle avait trouvé ça drôle et juste. C'est ce soir-là que nous avions traversé le carré Saint-Louis, fébriles. Nous avions de la difficulté à retenir nos caresses tant prenait corps notre désir. Nous nous étions endormies vers cinq heures du matin, en chien de fusil. Je ne me souviens pas d'avoir quitté l'appartement ni même sa chambre de la fin de semaine. On aurait dit que nos corps s'étaient transformés en brasiers que nul fleuve ne pourrait éteindre. Le lundi, je l'avais regardée s'habiller et je m'étais rendormie, étonnée de m'être réveillée dans son lit, son odeur confondue à la mienne. Je ne m'étais pas lavée ce jour-là. Ni le lendemain. De retour chez moi, j'avais attendu son appel et le téléphone avait sonné, étouffant tous les bruits cacophoniques de la ville en furie.

Rachel était rendue au pied du bouleau où nous avions choisi d'enterrer notre mot. J'étais penchée près d'elle. La sueur coulait dans mon dos, entre mes omoplates. Elle a arraché les fleurs et enlevé les feuilles qui recouvraient le sol. J'ai plongé mes doigts dans la terre noire et j'ai heurté un objet dur et rond. Rachel s'est approchée et m'a embrassée. Je sentais ses lèvres coussinées et sa langue recouvrir mes dents une à une. Protégées par la roche à Pierre, nous avons prolongé nos baisers, hésitant à ouvrir notre boîte noire.

— Marie-Jo, tu peux lire le mot. Je t'écoute, m'a dit Rachel en s'étendant près de moi, comme si elle avait besoin de cette proximité pour chasser ses pressentiments.

En signant ce mot, chacune de nous s'engage à devenir l'associée de l'autre en amour. Si l'une de nous deux tombait amoureuse d'une autre femme, le pacte serait rompu. Nous traverserons les embûches liées aux amours de femmes. Nous ne laisserons jamais les autres éteindre nos rêves, quoi qu'il arrive.
Marie-Jo et Rachel

J'ai laissé le papier tomber sur mes genoux et je me suis couchée sur le dos, en regardant au loin un oiseau glisser entre les arbres. Le silence de la grande forêt s'infiltrait par tous les pores de ma peau. Rachel demeurait immobile et silencieuse. Notre pacte me semblait à la fois enfantin et solennel. Je me sentais seule, atrocement seule. J'avais, moi aussi, eu des aventures avec les hommes, mais je savais depuis quelques années que mes amours se conjuguaient mieux au féminin singulier. Et ce singulier avait pour nom Rachel. J'aurais tant voulu qu'à cet instant nous endossions à nouveau le pacte, avec le sérieux des adolescentes. L'inverse se produisait. Je ressentais le désistement sournois de Rachel comme une bombe à retardement qui ferait éclater mes os. Je tentais de soigner une blessure qui n'existait pas encore.

Je me suis levée sans prendre garde au pacte. D'un pas rapide, presque en joggant, j'ai descendu la butte qui conduisait au ruisseau. Le pont marquait le début de la montée. J'ai conservé mon rythme jusqu'à la forêt de bouleaux. À la croisée des sentiers, j'ai failli changer de direction, descendre par l'ancien chemin qui traversait la clairière des Trois Feux et m'arrêter au refuge de la Castorie... Je n'étais plus l'associée de Rachel !

Je me suis rendue au rocher aux Corbeaux. Rachel m'a rejointe un peu plus tard. Elle a déposé le sac à dos et a préparé le lunch. Je sortais d'un état second.

— Marie-Jo, qu'est-ce qui se passe ? m'a demandé Rachel, tout doucement.

— Tu ne m'aimes plus... lui ai-je répondu du tac au tac.

— Écoute, Marie-Jo...

Elle n'a pas eu le temps de terminer sa phrase. Je me suis détournée et j'ai pleuré jusqu'à m'endormir, épuisée.

Lorsque je me suis réveillée, je sentais une plume d'oiseau me chatouiller la plante des pieds. Le soleil traversait les nuages que le vent chassait. Rachel me regardait d'un œil taquin. Une fois de plus, j'étais surprise par ses humeurs changeantes.

— Marie-Jo, tu ronflais...

— Comme dans les grandes occasions ! avons-nous dit à l'unisson.

Nous avons ri ! Cette phrase faisait partie de notre rituel nocturne. C'était très rare que nous la scandions de jour.

En me frottant les yeux et en m'étirant, je me suis souvenue des derniers instants. Ou bien je sortais d'un mauvais rêve, ou bien le cauchemar s'amorçait à peine.

Nous nous sommes attablées à une pierre plate, blotties entre deux pics. J'aimais ce temps rude qui me plongeait au cœur de mes émotions à l'état brut. Je me disais que nos amours sillonnaient des falaises abruptes et qu'il serait facile de perdre pied, de nous retrouver cinq cents mètres plus bas. Prolongeant mes pensées, Rachel a sorti la boîte noire du sac.

— Qu'est-ce qu'on en fait? m'a-t-elle demandé sans détour.

— On la mettra dans notre chambre, dans le tiroir du haut. Qu'en penses-tu?

— Je suis d'accord.

Rachel s'est dirigée vers la roche qui surplombe la vallée. Je l'ai suivie. Rendue là, elle a mis son bras autour de mes épaules et m'a murmuré à l'oreille: «Je t'aime!» Je suis restée bouche bée. Mon cauchemar prenait fin. J'avais cru qu'elle ne voulait plus être l'associée. Je savourais cet instant les yeux fermés.

— Marie-Jo, veux-tu un enfant? a-t-elle ajouté comme si, pour elle, ces idées s'enchaînaient tout naturellement.

— Un enfant? ai-je dit, sans masquer mon inquiétude.

— Oui. J'aimerais avoir un enfant. De toi, a-t-elle précisé en resserrant son étreinte.

Cette question revenait périodiquement. Nous avions déjà trouvé des solutions, toutes partielles. Mais nous nous étions toujours heurtées soit à la présence du père, soit à son absence pour l'enfant. Il y avait trop d'obstacles incontournables pour nous. Chaque fois, la remise en question de nos valeurs nous épuisait. D'ailleurs, je ne voulais pas d'enfant. Et Rachel le savait très bien. Pourquoi reprendre cette discussion? J'aimais vivre avec elle et cela me suffisait.

— Et si je refusais? ai-je dit en la défiant.

— Marie-Jo, je désire un enfant, a-t-elle répondu en se croisant les bras.

Je sentais les rafales de vent hurler dans mes oreilles. Les mots de Rachel m'écorchaient les tympans, me projetaient loin d'elle, en plein désert. Plus elle s'affirmait, plus elle me repoussait.

— Marie-Jo, je veux vivre avec un homme et avoir un ou deux enfants. Même si je t'aime, m'a-t-elle dit, le regard plein d'eau.

— Tu ne veux plus vivre avec moi ?

Rachel s'est détournée, a ramassé le sac à dos et a repris le sentier. Nous nous sommes retrouvées au stationnement de l'Érablière. Elle m'attendait, appuyée sur sa Volvo noire. Je suis montée, elle aussi. Elle a démarré en trombe. Rendues au chalet, nous nous sommes douchées ensemble, en silence. Je lui ai lavé le dos, comme d'habitude. Vers la fin de l'après-midi, elle m'a rejointe sur la galerie, deux bières à la main. J'ai fermé mon livre et j'ai attendu.

J'avais eu le temps de me calmer. Je devinais que, cette fois-ci, c'était sérieux. Notre dernière soirée au chalet serait déterminante pour notre année, peut-être bien notre vie. J'avais pris du recul et je me disais qu'il était normal qu'une femme de trente ans désire avoir un enfant dans un contexte familial. Rachel n'avait pas toujours vécu avec des femmes. Elle pouvait donc prendre une décision éclairée. Mais je sentais une brûlure profonde à la poitrine qu'aucun traitement, me semblait-il, ne pourrait éteindre. J'avais envie de brûler le pacte, mais c'était inutile puisqu'il ne s'agissait pas d'une relation avec une autre femme. Et Rachel m'aimait toujours...

— Marie-Jo, je t'ai fait de la peine... m'a soufflé Rachel en déposant son verre de bière et en s'avançant tel un félin vers le lac. Tu sais, je suis un peu perdue : demain, tu t'en iras et je resterai seule ici...

Elle me tournait le dos, ce qui était rare. Je sentais son souffle court brouiller les images de l'été. On aurait dit que Rachel tentait de retrouver son équilibre au bout d'un tremplin où oscillaient nos rêves de femmes et son désir de séduire n'importe qui, de fuir son engagement envers moi. Je décelais tout cela en suivant le mouvement de ses hanches qui se balançaient de gauche à droite, au rythme de sa respiration. C'était la première fois que je voyais Rachel dans cet état de déchirement sans qu'elle cherche à se terrer. Elle s'est même retournée, les larmes aux yeux, s'est figée un instant, puis s'est assise sur moi pour que je la berce. Le téléphone a sonné et elle s'est levée d'un bond, comme si rien ne s'était passé. Je rageais.

Une brise du nord-ouest soufflait encore sur le lac. J'ai pris la hache à deux mains pour fendre la plus grosse bûche de la corde de bois. J'ai frappé si fort qu'elle a éclaté en deux, en quatre, en huit, en mille miettes. Dans la cheminée, le feu brûlerait jusqu'à l'aube, jusqu'à ce que les cendres étouffent les derniers tisons. Jamais Rachel ne réussirait à me faire oublier cet instant où elle avait dévoilé sa détresse.

Je suis rentrée, j'ai mis les *Concertos brandebourgeois* de Bach et fait le tour des pièces : Rachel n'y était plus. Qui l'avait appelée ? J'évitais de lui poser ce genre de question. Elle demeurait toujours sur ses gardes, comme si elle devait sans cesse protéger sa vie privée. Je n'avais connu personne d'aussi secret. Il m'a fallu bien du temps pour décoder les indices qu'elle semait malgré elle, pour la saisir à demi-mot, intuitivement. Malgré tout, je me trompais encore : elle me déroutait souvent et, chaque fois, cela m'attirait. Elle prétendait être un caméléon.

Quand Rachel est revenue, elle est entrée en coup de vent dans la maison et m'a bandé les yeux avec un linge à vaisselle.

— Laisse-moi te guider... J'ai une surprise pour toi !

Puis elle m'a glissé à l'oreille :

— Une surprise pour que tu reviennes au chalet toutes les fins de semaine me caresser tu sais où...

Un frisson a parcouru mon sexe, mes seins et mon cou. Rachel m'a soufflé des mots d'amour qui m'envoûtaient, me donnaient envie de la prendre, d'effleurer sa peau. Elle ne cessait d'attiser le brasier en me conduisant derrière le chalet d'une main ferme qui me frôlait volontairement un sein. Je la sentais vibrer par ce geste que nous seules pouvions percevoir.

— C'est pour toi! m'a-t-elle dit en m'enlevant mon bandeau en un tour de main.

Je suis restée figée, incapable de bouger, de parler, de la remercier. Jamais je ne lui avais mentionné mon désir de faire de la planche à voile.

— Comment as-tu pensé à acheter un gréement pareil à l'automne? Tu m'intrigues...

— Une bonne occasion, c'est tout. Allons fêter ça!

Rachel m'a entraînée dans la chambre où elle avait apporté deux coupes de champagne et des olives noires. J'avais l'impression d'être dans un conte de fées pour adultes. Le champagne coulait de sa bouche à la mienne et nous mordions ensemble à la même olive. Nos vêtements se sont entassés pêle-mêle au pied du lit. Je sentais sa vulve humide glisser sur mes lèvres gourmandes. Je gardais les yeux ouverts pour que s'infiltrent dans ma mémoire les ondulations de nos corps. Nous sommes restées au moins une heure enlacées, immobiles.

Comme prévu, nous avons soupé en tête-à-tête sur la galerie. Au menu: pousses de bambou, nouilles au pesto, fromage bleu, salade verte et vin corse. À la fin du repas, j'ai invité Rachel à s'asseoir près du feu, de mon feu. Elle m'a dit de ne pas m'inquiéter, qu'elle suivrait un cours de planche à voile et me transmettrait les rudiments de cet art.

— Qui va te montrer tout ça? lui ai-je demandé, étonnée qu'il se donne des sessions à la fin de l'été.

— Maude. La fille que tu as vue naviguer ce matin. Elle arrive d'Europe. Elle a décidé d'offrir un cours aux gens de Magog. À ceux qui restent une fois les touristes partis.

— C'est elle qui t'a vendu la planche? ai-je enchaîné.

— Oui, mais c'est sans importance, a-t-elle tranché.

— C'est elle qui a appelé, n'est-ce pas? ai-je répliqué fermement.

— Pourquoi cet interrogatoire? Si tu ne veux pas de la planche à voile, je vais la vendre, et on n'en parle plus, a-t-elle crié.

Je sentais sa voix déchirer mes tympans. J'avais osé questionner Rachel : je l'avais coincée. Était-ce la planche à voile ou Maude qui prenait toute la place dans son esprit?

Je me suis avancée en dévisageant Rachel et j'ai dit :

— Tu choisis : moi, un gars et des enfants ou une autre femme. Alors?

— ...

Elle ne bougeait plus. Elle tentait seulement d'échapper à mon regard. Je me suis avancée jusqu'à ce qu'elle sente mes muscles bandés, prêts à défendre mon territoire.

— Tu n'es même pas capable de choisir. Tu voudrais que je m'incline devant ton harem? Jamais. Plutôt m'éclipser, ai-je dit d'une voix dure, sans hausser le ton.

Je suis restée là quelques instants, espérant déceler sur son visage un indice qui m'aurait démentie. Rien. Elle s'était réfugiée derrière un mur de silence. Je suis montée dans notre chambre, j'ai fait mon sac et suis redescendue. Sur le comptoir, j'ai pris mes clés d'auto. Rachel m'a barré la route.

— Je te veux, toi. Uniquement toi, m'a-t-elle affirmé en voulant me séduire une fois de plus.

Trop tard. Il aurait fallu qu'elle prenne position plus tôt, qu'elle s'engage dans la joute plutôt que de se taire. Je ne pouvais supporter cette blessure qu'elle m'infligeait :

l'incertitude. Le manège de ses désirs contradictoires tournait au-dessus de ma tête. Je refusais d'être complice du
glissement de notre relation. Je préférais trancher nos liens
d'un coup sec.

Dans une ultime tentative, Rachel s'est approchée et
m'a glissé à l'oreille :

— Viens, je vais te préparer un bain de mousse...

J'ai failli succomber tellement je le désirais, ce bain de
mousse avec elle. Mais la méfiance s'était installée en moi.
Je savais qu'elle ne m'offrait qu'un sursis avant de remettre
en route le manège infernal de ses désirs pluriels. J'ai
ouvert la porte et répondu froidement :

— Non. Je veux marcher. Seule.

❏

Le lendemain, vers six heures, j'ai quitté Rachel encore
endormie. J'étouffais. Avant de déserter le chalet pour la
semaine, j'ai ouvert le tiroir du haut et j'ai brûlé le pacte
dans la braise du foyer.

RACHEL

Intercalaire 1

*A*pportée par l'écume, l'odeur de Marie-Jo fouette mes narines, puis s'évapore aussitôt. Je dérive d'hier à aujourd'hui, sachant que je ne pouvais rester là, à louvoyer à travers les récifs des sédentaires, des couples unis à jamais, des gens bien. D'ailleurs, pourquoi faut-il être deux pour parcourir les océans, éviter les naufrages ? Et pourquoi faudrait-il que, pour moi, ce soit avec une femme ?

Aux frontières de ma vie, à peine ancrée sur cette plage, je me rappelle avoir jeté par-dessus bord photos, objets et promesses. Ainsi délestée de mes amantes et de mes amants, je m'enfonce désormais dans un désert de sable sans visage.

Au delà de l'errance, je te vois, Marie-Jo, et je filtre ma détresse à travers les rochers. Rien qu'à nous imaginer bras dessus, bras dessous à déambuler à travers la ville, je sens les murs qui se dressent et nous enferment dans un labyrinthe sans fin. D'où te vient cette force de vivre un amour lesbien, un amour cul-de-sac, un amour qui ne pardonne pas ? Moi, je n'ai trouvé que le prétexte de l'enfantement pour m'échapper de ton emprise, de tes serres, de tes certitudes. Pourtant, j'aurais tant voulu le prendre, ce bain de mousse avec toi, Marie-Jo...

L'errance me donne le vertige. Je cherche à travers les brumes de l'océan un espoir d'aimer. Chacun de mes pas sur le sable me *conduit vers l'inconnu. Au loin, tout semble possible. Je peux raconter n'importe quoi quand la tempête déferle. Mais je sais fort bien que je tourne en rond, que je vais d'où je viens, et c'est de cela que j'ai peur.*

Jusqu'où devrais-je partir pour revenir sans rebrousser chemin ?

Un phare à éclats clignote toutes les cinq secondes sur la pointe. Il me guide jusqu'à ce que la brume efface sa lumière, ne me laissant pour tout repère qu'un son sourd et caverneux. Je redeviens progressivement ce pantin articulé par les autres, ceux qui aiment, qui désirent et qui s'engagent. Je ne peux que mouler mes pas dans les leurs, n'ayant jamais su tracer ma route sans perdre pied.

Je tombe face contre mer.

II

JEANNE

L'intruse en terre d'exil

— Ah! C'est vous, Jeanne…
Une jeune sportive aux manières rustres me
regardait de pied en cap, m'obstruant le passage vers
la clinique de Rachel. Lorsque j'ai voulu la contourner
pour emprunter l'escalier de bois, mon hôtesse s'est
excusée :

— Pardonnez-moi, mais Rachel m'a longuement parlé
de vous à son retour du Yukon. Je m'appelle Maude Jézéquel, je suis réceptionniste à temps partiel, a-t-elle ajouté
en me tendant la main, geste auquel je n'ai pas répondu. Je
viens de fermer la clinique pour le week-end.

J'ai failli laisser tomber, annuler mon premier rendez-
vous de travail avec Rachel, encore une fois tout abandonner : j'étais incapable de me réacclimater à la vie en société,
surtout avec des gens comme Maude, cette fille à l'accent
français qui semblait aussi bavarde qu'indiscrète. J'ai
coupé court à la conversation :

— J'ai rendez-vous avec Rachel Sauvé à dix-sept heures.

— Je sais. Mais elle n'est pas là…

— Nous sommes bien le 11 novembre ?

J'ai eu un moment d'hésitation. Rachel avait-elle, elle aussi, des urgences qui l'entraînaient aux quatre coins de son territoire ? Ou voulait-elle me repousser du revers de la main, car je n'y étais pas lorsqu'elle est arrivée chez moi, près de Whitehorse, à la mi-octobre ?

— Rachel s'excuse, mais elle devait rencontrer Charles à Québec... Tout nouveau, tout beau, vous connaissez Rachel !

À quoi faisait allusion cette pie, méchante en plus ? Que savait-elle exactement de ma récente liaison avec Rachel ? En ayant assez entendu, je me suis retournée, prête à quitter ce lieu malsain, mais Maude m'a arrêtée en ajoutant :

— Je ne voulais pas vous blesser, mais vous n'avez rien du don Juan que Rachel espère... Et personne ne remplacera Marie-Jo, croyez-moi, j'en suis la preuve...

Intriguée, cette fois, je l'ai encouragée à poursuivre :

— Alors ?

— Alors si vous venez pour la clinique, bienvenue, mais si c'est pour autre chose, méfiez-vous.

Sur ces paroles, je suis partie, moins troublée que ne l'aurait souhaité Maude, cette langue de vipère, car en ce 11 novembre, jour du Souvenir, je venais à la clinique pour y retrouver des traces de mon fils Francis, essentiellement pour cela, le reste étant sans importance depuis bien des années.

❑

Il y a quinze ans, j'ai posé les pieds au Yukon, pays de la grande noirceur, là où on a le droit de se taire. C'est là, près de Whitehorse, que j'ai tenté d'enterrer le problème le plus terrible qui soit : la mort de ma fille Véronique.

Un soir, en relisant encore une fois la télécopie que Christian, un psychiatre et un vieil ami, m'avait envoyée au comptoir postal à la mi-septembre, toutes les scènes de mon passé me sont apparues dans le désordre. Le scénario de ma vie se fissurait chaque fois qu'un nouvel événement s'ajoutait à mon quotidien. C'est probablement pour cela que, dans ma « cabane au Canada », je n'ai jamais voulu de téléphone ni d'électricité.

Nous avons besoin de toi, Jeanne, pour que tous nos congressistes, médecins et gestionnaires, puissent ressentir, ne serait-ce qu'une fois dans leur vie, ce que c'est que de chercher désespérément des survivants en montagne.

Cette phrase m'a ramenée en Suisse, au moment où la classe de ma fille Véronique devait franchir le col du Berger, juste avant de s'abriter au refuge du Mouton Noir.

Pourquoi me racontais-je toujours cette même histoire à la manière d'une oraison funèbre ? Incapable d'arrêter la course de mes pensées, je continuais à tort de m'enfoncer au cœur de l'hiver, au moment où une énorme tempête de neige allait ensevelir plus d'une douzaine d'enfants.

Je me suis rappelé le fauteuil de cuir rouge où j'étais assise ce soir-là, enroulée dans une couverture de laine, incapable de dormir. La nuit recouvrait le massif de l'Aigle, rendant toute sortie en montagne dangereuse. Cela ne faisait que vingt-quatre heures que ma fille participait à sa première classe-neige. Son jumeau, Francis, plus délicat, couvait encore une grippe. J'aurais tant voulu, à l'époque, qu'il ait hérité d'un tempérament d'aventurier comme tous les membres de ma famille depuis des générations. Mais non, il tombait malade aussitôt qu'il entendait les mots « hors piste », « refuge » ou « expédition » ! Pourtant, Véronique, elle...

Véronique serait encore en vie si la tempête de neige qui avait commencé à sévir sérieusement en amont du refuge du Mouton Noir n'avait dégénéré en formidable avalanche, emportant la moitié des enfants dans une mer de neige en furie. Et son frère n'en serait pas là, abandonné par sa mère.

Je me suis souvenue que Bernard, mon mari, m'avait rejointe dans la salle de séjour, inquiet lui aussi. Son expérience de guide de montagne ne le trahissait jamais, même s'il avait changé de profession en devenant directeur du domaine skiable du Nid de l'Aigle. Son premier geste avait été d'ouvrir la radio pour entrer en contact avec son meilleur copain, un météorologue réputé. Notre pressentiment s'avérait juste : la tempête qui rugissait au nord se dirigeait maintenant vers l'ouest, au lieu de faiblir comme prévu. En apprenant cela, Bernard et moi avions rassemblé les meilleurs guides et patrouilleurs de l'endroit, tous des amis de longue date. Certains d'entre eux avaient des enfants dans la même classe que Véronique : ils éprouvaient le même pressentiment que nous.

Pourquoi me heurtais-je de nouveau à ces événements qui me hantaient jour et nuit ? Ma fille aurait eu vingt-cinq ans... Valait-il mieux m'enfuir au delà de la frontière du Yukon, en Alaska peut-être, ou plus au nord encore ? Pourtant, Christian le savait bien, lui, en fin psychiatre, que je n'étais plus capable de livrer ce témoignage. Alors pourquoi m'envoyait-il encore, comme chaque année, ce foutu papier au lieu de me laisser là, mi-folle mi-sauvage, sur ma terre d'exil ?

Devais-je encore me répéter que même si j'étais à ce moment-là responsable de la sécurité du secteur hors piste du Nid de l'Aigle, je n'avais pas à porter la croix des événements survenus hors de mon contrôle ? Affirmer cela alors que je tentais d'oublier ces instants fatidiques où Bernard et moi, suivis de tous nos amis, grimpions le col de l'Aigle, encordés, défiant le vent glacial dans l'inquiétude et la noirceur la plus totale. Raconter surtout que derrière ce col, le refuge du Mouton Noir avait été balayé par l'avalanche, ne laissant qu'un sillon mortel. Et taire les moments de panique qui avaient suivi. En quelques secondes, nous avions su que nos enfants n'avaient pu survivre à un tel torrent de neige, emportant leurs cris d'épouvante, leurs équipements si légers, leurs rêves avortés.

❑

Encastré entre les massifs de Whistler et de Blackcomb, le Centre des congrès participait à la modernité des lieux, tout comme les dizaines d'hôtels, de restaurants et de boutiques de souvenirs. Des centaines de touristes couraient les t-shirts tous pareils d'un magasin à l'autre! Et pourtant, à deux pas de là, un silence indescriptible figeait tous les médecins et les gestionnaires rassemblés dans l'auditorium du Château Whistler en ce début d'octobre.

Seule au milieu de la scène, vêtue d'un chandail de laine gris, renforcé de cuir aux coudes et aux épaules, ainsi que d'un pantalon marine aussi usé que mes bottes de randonnée, je répondais aux dernières questions. Mes mains tremblaient légèrement, comme si je retenais mes gestes de mère enfouis sous toute cette neige éternelle. J'étais seule devant leurs terribles regards.

— Quand nous avons retrouvé le dernier enfant, nous savions que le décompte ne changerait pas. Le miracle avait déjà eu lieu: nous avions arraché douze survivants à la montagne à cause de la rapidité avec laquelle nous étions arrivés sur les lieux. Nous avons été extrêmement efficaces: n'oubliez pas que nous étions les meilleurs alpinistes de la région et, par-dessus tout, les parents de ces enfants-là. Ma propre fille est morte, comme treize de ses camarades, de même que les adultes qui encadraient le groupe.

J'ai baissé la tête, prête à me rendre, à me rendre n'importe où, pourvu que je sorte de cette impasse dans laquelle Christian m'avait entraînée pour la quinzième année consécutive. Constatant mon épuisement, il est venu me rejoindre afin d'ajouter ceci :

— Mesdames et Messieurs, Jeanne a certainement vécu le pire sauvetage que l'on puisse imaginer en tant que mère et responsable du secteur hors piste du Nid de l'Aigle. Malgré cela, elle a réussi à sauver douze enfants, ce qui lui a valu la plus haute distinction de l'Association internationale des guides de montagne. Mais aucune médaille ne lui rendra sa fille Véronique. C'est donc en son nom que je vous demande d'investir des ressources substantielles dans la prévention, le sauvetage et les soins d'urgence dans vos régions respectives. Je tiens aussi à remercier Jeanne pour cette conférence qui témoigne de son courage, non seulement en montagne, mais surtout maintenant et au moment de retourner chez elle, seule dans la grande noirceur du Yukon.

J'écoutais vaguement les paroles de Christian, à demi cachée par mes longs cheveux. Il avait raison : le Yukon me protégeait de toute intrusion dans ma vie privée. Et pourtant, je ne parvenais pas à chasser l'image de mon fils blotti contre moi, fiévreux, ne sachant encore rien de tout ce drame qui détruirait à jamais notre relation mère-fils. De lui, aucune nouvelle depuis que j'ai déserté la Suisse, incapable de soutenir son regard d'enfant égaré, coupable de n'avoir su être différent.

Perdue dans ce fauteuil trop grand, cherchant à freiner mon bras, puis ma main, à stopper pour la millième fois une caresse, à durcir ma voix, à cacher mon visage, à reculer dans les coulisses, hors de ce monde hanté par Francis, ce fils survivant malgré moi, je restais là, sans bouger, épuisée. Je les regardais pourtant sortir un à un, ces congressistes, heureux d'avoir observé, entendu et presque touché la détresse d'une femme héroïque, médaillée de surcroît, dont ils parleraient au bar en sirotant leur porto. Et je n'osais me lever, les suivre dans leur univers d'où Francis ne pouvait que s'échapper. Combien de fois m'avait-on silencieusement reproché d'être une mère dénaturée alors que je tentais de survivre à ce drame, à la montagne qui arrache tout, sauf les images les plus cruelles, les souvenirs les plus implacables? Rien depuis quinze ans n'avait su me rendre à la vie, me rapprocher de Francis, malgré tous les efforts que consentait encore Christian, un psychiatre renommé, fort doué, disait-on, dans les milieux médicaux.

J'ai attendu que tout le monde ait quitté la salle avant de me lever pour accompagner Christian jusqu'au salon adjacent à ma chambre. Nous avons discuté longuement, comme d'habitude. Nous avions vécu tellement de silences ensemble, surtout au début, alors que je venais tout juste de quitter la Suisse. Je me rappelle le bien-être que j'éprouvais lorsqu'il s'installait pour un jour ou deux dans ma cabane au nord-ouest de Whitehorse. Il entrait sans frapper, sans même me saluer tellement j'étais devenue semblable aux animaux sauvages terrés pour survivre à leurs blessures. Toujours en chantant la même berceuse sans âge, il vidait son sac à dos: farine, légumes déshydratés, fruits séchés, vitamines, viandes et poissons en conserve, bâtons de réglisse et bonbons durs. Ni tabac ni alcool. Au début il craignait que je sombre comme bien des outsiders dans des habitudes qui me rendraient semblable à une bête. Pourtant, et c'est ce qu'il a compris beaucoup plus tard à force de me côtoyer, je possédais l'instinct de survie de ces êtres qui s'isolent pour reprendre des forces. Ayant saisi cela, il est devenu plus à l'aise avec moi: il ne tentait plus de m'extirper de ma torpeur. Au contraire, il bénéficiait de réels moments de solitude qu'il partageait avec moi, ce qui lui donnait l'énergie nécessaire pour rencontrer des dizaines de patients répartis sur tout le territoire du Yukon. En effet, ce jeune chercheur en psychiatrie voulait étudier les causes obscures qui faisaient que des Blancs, particulièrement des gens sans famille et sans amis, parvenaient à vivre sur des territoires isolés, arides et sans pitié. C'est pour cette raison qu'il est un jour arrivé chez moi et que, bien des hivers plus tard, nous avons commencé à parler — peu, mais avec des mots pleins. Pourtant, je demeure convaincue que le vide dans lequel je me suis réfugiée durant ces années m'a permis, plus que tout le reste, de niveler mes pires angoisses, de réduire la plupart de mes souvenirs à néant et de m'habituer à vivre au présent. C'est du moins ce qu'affirme Christian !

Mais ce soir-là, date précise de l'anniversaire de ma fille, de Véronique, je ne pouvais passer sous silence le jour de ses dix ans, de sa dernière fête, où je lui avais offert des peaux de phoque pour sa classe-neige. Je la voyais et la revoyais encore et encore les installer méthodiquement sous ses skis, aussi heureuse que mon propre père lorsqu'il préparait une expédition. Ils avaient tous les deux des regards bleus, comme si les cascades des glaciers formaient des lacs dans leurs yeux profonds. Et je devinais que les rides prononcées de mon père se seraient perpétuées dans le visage de sa petite-fille, celle qui, comme lui, n'aura pas eu le temps de vieillir.

Je venais tout juste d'avoir quinze ans lorsque mon père a été porté disparu au K2, dans l'Himalaya. Durant les premières semaines de son expédition, j'avais reçu régulièrement des cartes postales que j'affichais à la tête de mon lit. Comme j'aurais voulu y être moi aussi, au camp de base, prête à faire n'importe quoi, même la vaisselle, le lavage et le ménage ! Malgré mon impatience, je me préparais mentalement à être forte lorsque j'accompagnerais enfin mon père dans sa prochaine grande course, comme il me l'avait promis. Le mot « attendre » prenait donc pour moi des significations nouvelles à mesure que le temps passait : attendre le bon moment pour grimper, attendre que le premier de cordée installe le relais, attendre que la tempête se calme, que la neige cesse de tomber, que le vent se taise, espérer que le camp tienne le coup, risquer l'évacuation, ultime tentative, en vain… Puis, à la fin, attendre cruellement le train en retard, attendre sans compter, prête à prendre livraison de la boîte grossière contenant le corps d'un grand alpiniste, d'un père.

Et pourtant, la montagne, aussi terrible soit-elle, restait toujours mon dernier refuge, là où vivraient pour l'éternité Véronique et son grand-père qu'elle n'a jamais connu autrement que par cette attirance qu'il nous a transmise. C'était avec ces images confondues d'adolescente et de mère que j'ai voulu me reposer quelques instants seule avant le souper. Désormais, je savais que je ne faisais que retarder le moment où plus jamais je n'irais souper, ce que craignait par-dessus tout Christian.

Vers six heures, alors que j'hésitais à me rendre à la salle à manger, une très belle femme à peu près de l'âge qu'aurait eu ma fille a envahi pour la première fois mon espace. Elle s'est glissée dans mes appartements sans frapper, faisant semblant de s'être trompée de porte, par distraction. Mais je savais que c'était faux, qu'elle recherchait autre chose, et cela me dérangeait. Personne depuis quinze ans n'avait eu le droit ni le culot de traverser mon désert de neige, de rafales et de tempêtes. Que faisait-elle au juste dans l'entrée de ma chambre, adossée contre le mur, à me dévisager comme si j'étais la seule personne encore capable de respirer sur terre ?

Sans lui adresser la parole, je lui ai fait signe de sortir immédiatement. Malgré mon geste brusque et impératif, je ne me lassais pas de la regarder, cette jeunesse d'au plus trente ans dont j'aurais pu être la mère, que j'aurais tant voulu serrer contre ma poitrine en lui souhaitant: «Bon anniversaire, Véronique!» Mais cette étrangère ne savait rien du drame que je vivais, ou si peu. Pourtant, cette vague ressemblance qu'elle avait avec ma fille à cause de ses yeux profonds, déterminés, me dérangeait et m'envoûtait à la fois.

Qui serait Véronique aujourd'hui?

Mal à l'aise, l'intruse s'est empressée de livrer son message, brisant du même coup le charme et creusant une infinie distance entre nous:

— Je vous réserve une place à ma table. Tous ces hommes m'ennuient avec leurs regards de jeunes premiers!

Puis, comme le vent, elle s'est retournée promptement, a quitté mes appartements en laissant traîner derrière elle une odeur de forêt après la pluie, celle qui me manquait dans ces lieux trop civilisés; alors j'ai vraiment hésité entre le souper et la montagne, si bien que j'ai mis des vêtements chauds et des bottes au cas où je déciderais de fuir par la porte de service, incapable de tolérer le regard trop insistant de cette femme.

En me rendant au bar rejoindre Christian, j'ai immédiatement repéré mon intruse discutant avec trois hommes bedonnants, aux tempes grisonnantes, moulés dans des vêtements devenus trop justes, mais griffés évidemment. Dans ce décor de château, je me sentais à l'étroit, d'autant plus que j'entendais des bribes de conversation qui accentuaient mon malaise: «Connaissez-vous cette jeune femme... oui, oui, celle qui a des bas noirs... et des jambes qui n'en finissent plus...» Comment pouvais-je tolérer le langage de ces vieux loups en rut? Aussitôt qu'il m'a aperçue, Christian, mon fidèle sauveur, m'a entraînée vers un petit groupe d'hommes qui se sont tus à mon arrivée.

Parlaient-ils eux aussi de cette apparition aux jambes élan-
cées, vêtue avec cette élégance qui sied si bien aux manne-
quins dans les magazines ? J'allais m'éclipser discrètement
lorsqu'un ami de Christian s'est avancé vers nous, accompagné de la si belle dame avec laquelle il paradait fièrement.

— Christian, tu connais sans doute Rachel ? Elle a
ouvert une clinique de santé-sécurité au Québec, dans la
zone touristique des Cantons-de-l'Est.

Aussitôt, Christian lui a tendu la main en ajoutant des
paroles aussi gentilles qu'insipides :

— Tout le plaisir est pour moi, Rachel. J'espère que
votre clinique sera digne de vous, de même que son rayon-
nement.

En les entendant discourir ainsi, j'ai su que je ne
pourrais résister à ces éclairages superficiels. Alors, avant
même que Christian ait eu le temps de me présenter à son
collègue et à sa nouvelle conquête, je me suis faufilée dans
l'ombre de ces gens sans épaisseur. Pourtant, j'avais cru
deviner que, malgré sa beauté qui lui attirait bien des
hommes, Rachel n'était pas plus à l'aise que moi en cap-
tivité. Mais j'ai vite compris que je m'étais trompée, que
l'espace d'un terrible instant j'avais confondu Véronique et
Rachel, et je m'en voulais à mort. Ce glissement hors réalité
me confirmait que j'étais désormais incapable de vivre en
société.

❏

Le lendemain de ma conférence, le soleil allait se lever
sur le glacier du mont Blackcomb au moment où j'y posais
le pied. Des traces de ski lui donnaient cet air habité que
conservent les montagnes bridées de remonte-pentes. Mais
à cette heure, aucun danger : les touristes dormaient du
sommeil lourd des gens qui ont trop festoyé.

Je me suis assise sur mon tapis de sol, vers l'est, pour saisir de plein fouet toute l'énergie du soleil levant sur cette neige durcie, fissurée, éternelle. En fermant les yeux, j'ai laissé les images se succéder en moi, comme si je devais à tout prix permettre à mon sang de couler librement dans mes veines. Les vingt-quatre heures qui venaient de s'écouler m'avaient tendue, comme un arc sans flèche pour me libérer de toutes ces émotions rappelées de très loin. Avant de prendre l'avion pour Whitehorse, puis le chemin tortueux de ma cabane et, enfin, d'hiberner, je devais repousser ma fille et mon fils très loin, au fond d'une crevasse si possible. Mais qu'allais-je devenir sans eux?

Le glacier s'était ajusté à la surface de la terre comme si quelqu'un de minutieux l'avait étiré dans tous les sens pour qu'il en couvre les moindres aspérités, formant ici et là une crevasse ou un repli. Ayant vécu depuis mon plus jeune âge dans les camps alpins avec mon père, j'avais appris à y lire les mouvements, lents mais continus, de la glace qui coule comme une rivière. C'est en voulant traverser le glacier vers les pentes escarpées qui me conduiraient au sommet que j'ai aperçu la trop belle dame qui, vêtue d'un anorak jaune et noir, s'insinuait pour la deuxième fois dans mes lieux familiers. Figée, ne comprenant pas ce qu'elle faisait là, si tôt, ayant cru qu'elle profiterait de toutes les prouesses que ces messieurs semblaient promettre, l'espace d'une nuit, je me demandais si je devais me cacher ou, au contraire, l'affronter. D'instinct, je devenais cette vieille louve solitaire qui hurlerait pour protéger son territoire piétiné sans invitation. M'ayant repérée, elle s'avançait vers moi sans hésiter. J'ai d'abord pensé la semer, mais devant autant d'entêtement, j'ai attendu, prête à écouter sa plaidoirie.

— Je savais que je vous retrouverais ici, dans la neige.

Elle n'a rien dit d'autre et je n'ai rien ajouté. Je préférais jouer l'indifférente: le contraire m'aurait obligée à entrer en contact avec cette femme qui me dérangeait, à cause de sa vague ressemblance non plus avec Véronique, mais plutôt avec moi-même : nous avions la même détermination. À preuve, depuis que j'avais quitté la Suisse, personne n'avait eu le culot de m'approcher. Et voilà qu'au lieu de défendre mon territoire férocement, je laissais cette femme y poser le pied, m'inclinant à la fois devant son courage et sa ténacité. Ma détermination empruntait une autre direction que la sienne : celle de la survie. J'ai donc préféré marcher au lieu de lui donner la réplique. Les mots m'auraient peut-être trahie.

Nous avons traversé ensemble le glacier en prenant garde aux crevasses géantes qui ouvraient leurs gueules au soleil, camouflant les plus petites, recouvertes de neige fine, dont la mâchoire risquait de nous avaler d'un coup sec. Je traçais la route, évidemment. Ce n'est que rendues aux rochers qui formaient un pan de mur incliné, montant en flèche vers le sommet, que Rachel et moi nous sommes assises pour boire un thé au miel. Et c'est là qu'elle m'a piégée sans s'en rendre compte :

— Sur votre thermos, c'est bien « Romanans » qui est écrit ?

J'ai tressailli : ce thermos appartenait à Bernard, mon mari, et son nom y était gravé, encore lisible. J'ai détourné la tête, cherchant à me contenir pour éviter de fuir de nouveau.

Insatisfaite de mon silence en guise de réponse, elle a ajouté :

— À la clinique, nous avons eu, comme client, un entraîneur de ski alpin du nom de Romanans. Francis Romanans, si ma mémoire est bonne.

C'en était trop. Je me suis levée, j'ai lancé l'objet à bout de bras et je suis partie. Sans me retourner, j'ai crié à cette sorcière :

— Fichez-moi la paix !

J'ai pris le chemin du sommet, grimpant sur l'arête sans corde ni ancrage. Peu m'importait désormais de chuter... Je n'avais jamais voulu abandonner Francis... Il fallait que je survive pour un jour le retrouver... Francis, mon petit... Mais qui était au juste cette femme qui me harcelait, qui me rendait coupable de l'abandon de mon fils, qui me pourchassait dans l'antre de ma solitude ?

En fin d'après-midi, j'ai regagné ma chambre. Dans moins d'une heure, Christian allait me reconduire à l'aéroport. J'achevais mes bagages lorsqu'un garçon de service m'a remis une enveloppe au papier fin teinté de lilas, fermée par un seau de cire mauve. J'ai d'abord voulu la déchirer sans la lire, mais le nom de Romanans me martelait le cœur si fort que j'ai parcouru les mots à toute vitesse, y recherchant une phrase ou un indice au sujet de mon fils. Peine perdue. Rachel, la mystérieuse Rachel, me demandait de l'aider à élaborer un plan d'intervention en situation d'urgence non seulement pour les Cantons-de-l'Est, mais pour tout le Québec. Elle voulait le soumettre au ministre de la Santé et des Services sociaux pour que sa clinique en obtienne la gestion et, bien sûr, les subsides qui suivraient. Étant absente pour la journée, elle ajoutait qu'elle attendait ma réponse par télécopie avant dix jours et que, pour me faciliter la tâche, elle était disposée à séjourner à Whitehorse le temps qu'il fallait. C'était à moi de juger de tout cela puisque j'étais spécialisée dans ce domaine. Elle ajoutait en bas de page qu'elle souhaitait aussi me connaître davantage dans des circonstances moins troublantes pour moi.

Par réflexe peut-être, j'ai mis cette lettre dans mon sac : elle pourrait toujours me servir à allumer un feu. Puis, dans l'avion, j'ai sombré dans un sommeil sans rêve, sans tourment. Je me suis laissé porter comme une enfant vers ma demeure, en pleine forêt, à la tête d'un lac sauvage où feraient bientôt escale les cygnes trompettes et les chercheurs d'or.

❑

— Trop dangereux !
— Même pour toi, Jeanne ?

Debout, évaluant encore une fois le débit de la rivière Yukon qui se faufilait entre les glaces, les pierres et les débris du barrage arraché la nuit précédente, Jean-Pierre, le contremaître de la centrale hydro-électrique, comptait sur moi pour sauver ses hommes, ses employés, ses p'tits gars !

Pour la première fois, il me mettait au pied du mur. J'avais quelques secondes pour accepter ou non son plan : la vie de cinq hommes en dépendait... mais ma propre vie serait en danger !

— On pousse le canot à l'eau, Jeanne ?

C'était le jeune Frédéric qui me posait la question. Pour lui, aucun doute : j'accepterais, d'autant plus qu'il avait proposé à Jean-Pierre, son patron, de m'accompagner dans ce sauvetage. Sa carrure et sa fougue d'adolescent de seize ans me surprenaient, moi qui imaginais la jeunesse plutôt délicate et fragile, à l'image de mon fils...

— Frédéric, si ça tourne mal, je compte sur toi, lui ai-je dit en le fixant droit dans les yeux pour lui témoigner ma confiance.

J'ai ajouté d'une voix forte et impérative :

— Jean-Pierre, j'y vais seule.

D'un pas athlétique, je suis retournée à la tente préparer mon équipement : cordes, matériel d'escalade, trousse de premiers soins, lampes frontales, en fait, tout ce que je devais utiliser pour rescaper ces accidentés, s'ils vivaient encore bien sûr. Jamais, depuis que j'habitais au Yukon, je n'avais refusé de participer à un sauvetage, mais cette fois-là, j'en pressentais plus que d'habitude les risques : il ne fallait pas que je meure avant d'avoir revu mon fils.

Le vent fouettait les tentes de toile au lieu de chasser les nuages. Il ne restait que trois heures de clarté.

Depuis mon retour de Whistler, plus précisément depuis ma rencontre avec Rachel, j'étais obsédée par Francis. Obsédée à un point tel que j'avais accepté que l'intruse vienne chez moi, dans ma cabane au nord de Whitehorse, pour y élaborer son projet. Mais tout ce qui comptait désormais, c'était les indices qu'elle me donnerait sur ce jeune entraîneur de ski alpin qu'elle avait reçu à sa clinique. Le reste me laissait indifférente, pensais-je, sans soupçonner l'extraordinaire pouvoir de séduction de Rachel et encore moins les événements qui suivraient.

Le débit de la rivière s'accélérait à cause de la neige d'automne qui se mêlait aux bouillons brassés par les roches. Le canot allait-il rester à flot le temps qu'il faudrait ?

Lorsque j'ai fait mes bagages au milieu de la nuit, j'ai pensé à Rachel qui atterrirait à Whitehorse le matin même. De là, Georges l'Amérindien l'amènerait chez moi où je devais l'héberger le temps d'élaborer son projet.

J'ai su plus tard que, en arrivant à ma cabane, elle a aussitôt voulu connaître les motifs de mon absence. Ne sachant rien de l'accident sur la rivière, Georges a fait le tour de la maison pour trouver des indices avant de lui répondre que j'étais partie effectuer un sauvetage, comme il m'arrivait souvent de le faire dans ce pays sauvage et lointain.

— Loin d'ici ? s'est-elle aussitôt enquise.

Devant cet enchaînement de questions, Georges lui a promis de se renseigner à l'heure du midi, après sa tournée de collets. Mais cela n'a pas suffi à Rachel : une fois au courant de mes déplacements, elle voulait rejoindre notre campement improvisé. Comprenant fort bien sa chance de participer à un sauvetage en région perdue, Rachel a si bien insisté que Georges l'a guidée jusqu'à nous. Elle est arrivée juste après la mise à l'eau de mon embarcation, au moment où je quittais la berge.

En avironnant, je me disais que, depuis deux heures de la nuit, cinq hommes attendaient qu'on les délivre des courants malins de la rivière Yukon. Depuis que j'avais embarqué dans le canot, plus rien n'existait en dehors de ces gars-là. Ni mon fils ni Rachel.

Des vagues se formaient entre les écueils presque submergés. Seules leurs arêtes tranchantes déchiraient l'écume au ressac. Plus le canot tanguait, plus il buvait l'eau à grandes gorgées. À genoux au centre de l'embarcation, tenant fermement mon aviron de bois dur, je me dirigeais en louvoyant vers les débris du barrage. Ma respiration saccadée devenait plus normale à mesure que je franchissais les passages presque bloqués par les branches enchevêtrées entre les roches. En effet, lorsque je sentais le canot se fixer quelque part, j'effectuais un dangereux mouvement de bascule arrière-avant et il reprenait sa course effrénée dans le fort courant. À chaque nouvelle manœuvre, l'eau giclait sur mes vêtements imperméables, puis retombait sur mes jambes et mes pieds, rendant mon équilibre vraiment précaire. Apercevant au loin les cinq hommes étendus pêle-mêle les uns sur les autres, probablement pour se réchauffer, je me suis sentie soulagée : aucun d'eux n'avait été emporté par les eaux glacées de la rivière Yukon.

De peine et de misère, j'ai réussi à me faufiler jusqu'aux blessés. Bilan ? Quatre survivants, mais pour combien de temps... Hypothermie, hémorragies et fractures étaient le lot de chacun. L'espace d'un éclair, j'ai revu noir sur blanc

les enfants noyés dans l'avalanche... Ma fille parmi eux,
bras et jambes cassés... Puis plus rien, que l'urgence d'agir,
d'enterrer encore une fois les images cruelles qui ponctuaient tous mes gestes. J'ai donc halé les deux hommes du
dessus de la pile, sachant que leur état allait empirer durant l'évacuation mais que je n'avais pas le temps de leur
prodiguer les premiers soins. La priorité : les sortir de là
avant que le courant les emporte à jamais. Aussitôt dans le
canot, j'ai agité le grand drapeau blanc, signal convenu
pour la mise en marche du treuil qui nous remorquerait
jusqu'au campement. Tout a bien été, malgré mes craintes.

Sur la rive, Jean-Pierre s'est chargé des blessés. Mado,
sa femme, qui en avait vu d'autres depuis qu'elle travaillait
dans le Nord comme infirmière, leur a prodigué les soins
d'urgence. À cause de la gravité des blessures, un transport
vers Whitehorse devait être organisé, même s'il faisait noir
et que la neige s'ajoutait au mauvais temps.

— Frédéric, écope bien le canot, je repars.

— J'embarque avec toi, Jeanne.

— Pas question !

Connaissant le parcours, cette fois je me suis faufilée
plus aisément entre les roches jusqu'au dernier rapide qui
se jetait sur les débris du barrage en formant un contre-
courant. À cause de cela, l'eau giclait plus fort : mes vêtements mouillés devenaient de glace et je n'arrivais plus à
cesser de trembler. Au moment où j'ai accosté pour la
deuxième fois, une section du radeau s'est détachée,
arrachant en partie l'ancrage que j'avais installé. Je n'ai
donc pu ramener qu'un seul homme. Le treuil fonctionnait
encore, par miracle !

Une fois rendue au bord, j'ai entendu, dans ma demiconscience, Mado dire à Jean-Pierre :

— Remplace-la. Il ne faut pas qu'elle y retourne. Elle
perd trop d'énergie : c'est dangereux !

Deux hommes, plus que deux hommes... Sans réfléchir, j'ai amorcé un troisième départ vers les débris, en voyant dans ma tête l'image des corps immobiles, gelés, au milieu de la rivière. Avec mon aviron, j'avais beau pousser de toutes mes forces dans le fond de l'eau, le canot refusait de prendre le large. En fait, Frédéric retenait l'embarcation sous les ordres de Jean-Pierre, constatant lui aussi que le froid extrême faussait mon contact avec la réalité et qu'il devait absolument me remplacer. Il a dit à Frédéric :

— Tiens bon, j'enfile mon ciré et je prends la place de Jeanne !

Légèrement en retrait, Rachel avait observé la scène, fixant tour à tour le vieux treuil, le canot immobile et, au loin, le radeau de fortune. Elle avait compris avant tout le monde que l'urgence était telle que chaque seconde perdue appelait la mort. C'est pour cela que, sans hésiter, elle s'est élancée dans mon canot, bousculant Frédéric qui s'est retrouvé assis dans l'eau sous les injures de Jean-Pierre qui mettait trop de temps à s'habiller.

Dans le canot, Rachel s'est emparée de mon aviron en me murmurant à l'oreille :

— Jeanne, le treuil tourne à vide. Il faut installer un système de halage pour ramener les deux hommes à terre.

Tremblant davantage, n'ayant plus tout à fait conscience de ce qui se passait, j'ai laissé cet ange mince et délicat avironner, et je me suis glissée dans le fond du canot pour récupérer un peu. Les mouvements de l'eau me berçaient, me projetaient dans mon enfance. Ma mère me racontait de longues histoires où mon père jouait les héros. Je me blottissais contre elle, rêvant de partir à mon tour dans la neige. Puis, sans transition, j'ai vu mon fils, mince et délicat, avironner dans une rivière d'écume blanche et glacée. Je sentais son souffle chaud sur mon visage lorsqu'il m'a demandé, tout doucement :

— Nous sommes arrivés, Jeanne. As-tu les ascendeurs pour le halage?

— Ne t'en fais pas, je suis enfin là! ai-je murmuré dans mon délire, trop heureuse de lui parler après toutes ces années d'absence.

Je me suis retournée, prête à prendre mon fils dans mes bras pour le calmer, le réchauffer, lui montrer que je l'aimais plus que tout. Mais il a mal réagi: il s'est mis à crier, à me secouer, à me pincer...

— Jeanne, les ascendeurs. Nous dérivons!

J'ai eu un éclair de lucidité. De façon mécanique, j'ai sorti les ascendeurs du sac d'escalade et je les ai installés sur la corde reliée au treuil qui tournait toujours à vide. Puis je suis tombée dans le fond du canot, à côté des deux gars que Rachel avait réussi à transporter jusque-là. Le canot tanguait dangereusement, à cause de sa charge excessive, mais tout cela m'échappait. Je délirais.

Jean-Pierre assistait impuissant à la scène: je n'étais plus en état d'agir. Il m'a raconté, le lendemain, comment Rachel avait réussi à hisser le canot, centimètre par centimètre, sur la corde fixe. À mesure qu'elle glissait l'un des deux ascendeurs plus avant, l'autre se tendait, donnant à tout coup une secousse mortelle. L'eau s'infiltrait tellement que Rachel avait dû s'arrêter pour écoper l'embarcation afin de la maintenir à flot. Puis, en bout de route, les gars avaient tiré et vidé le canot.

Jean-Pierre et Mado se sont chargés de l'évacuation des blessés vers la ville en mettant à contribution tous les hommes disponibles. Ne restait que Frédéric et Rachel pour s'occuper de moi et veiller le défunt.

Avant de quitter le campement pour la nuit, Mado, en infirmière efficace habituée aux situations d'urgence, m'avait installée dans la tente près du poêle. Comme je délirais à cause d'un début d'hypothermie, elle a demandé à Rachel et à Frédéric de m'enlever tous mes vêtements mouillés, puis de se coucher nus le long de mon corps pour que ma température remonte : j'étais désormais en sécurité !

Il pouvait faire noir maintenant, autant que dans ma vie qui dérivait à contre-courant de mes certitudes. Je me blottissais contre mes deux sauveteurs dans une demiconscience, n'osant plus émerger au grand jour, n'en pouvant plus d'extraire mon fils de tous les instants. Mais comment me rapprocher de lui après quinze ans d'abandon, d'éloignement, d'absence ? Existait-il seulement un chemin pour m'y conduire ?

Je me souvenais de ses cheveux blonds aussi fins que ceux d'un nourrisson, de ses yeux étonnamment bruns, presque noirs, qui scrutaient gravement la montagne en se demandant pourquoi il s'était échoué à ses pieds. Il devait se sentir seul, ce gamin de dix ans, sans sa sœur jumelle, la seule qui le comprenait, qui savait comment le guider à travers ses réflexions de grand. Ensemble, ils formaient un duo solide : elle vivait au sommet, et lui au sol, là où poussent les fleurs entre deux bordées de neige.

Je commençais à moins trembler, à reprendre possession de mon corps tiède, de moins en moins en péril, protégé par ce jeune homme qui enveloppait mon dos de ses épaules larges comme des ailes. Il y avait si longtemps que je n'avais profité de la chaleur d'un corps contre le mien que cela m'émouvait entre deux frissons. J'aurais tant voulu bercer mon fils comme un petit, mais on ne berce pas un homme de vingt-cinq ans sans risque. La présence de Frédéric dans mon dos me troublait, autant que celle de Rachel dont je sentais les seins sur les miens, sensation inhabituelle, étrange et pourtant attirante. Qu'allais-je devenir si je m'expulsais de leurs corps à tous deux ? Allais-je mourir d'hypothermie ou de solitude ?

Je les entendais murmurer à voix basse des paroles incohérentes pour moi qui revenais d'un monde rempli de signes. Depuis la mort de ma fille, aucun sauvetage n'avait mis ma vie en péril. Mais cette fois, j'avais pressenti le danger et je m'étais quand même élancée dans les rapides de la rivière. Pour quelle raison? Pourquoi, dans mon délire, avais-je nettement aperçu mon fils qui avironnait, louvoyant entre les roches? Et pourquoi Francis avait-il justement emprunté le visage de Rachel, en plus de son allure de grande femme mince, souple comme une chèvre de montagne? D'abord, que faisait-elle dans le canot, à poursuivre le sauvetage à relais, comme si j'étais devenue incapable de mener cette opération à terme? Était-ce un présage?

J'ai recommencé à trembler de plus belle, traversée par des frissons qui striaient mon dos en longues crevasses. Le vide que j'ai créé en quittant la Suisse m'aspirait maintenant, comme si Francis s'échappait définitivement de ma vie. Je sombrais encore dans la totale noirceur du Yukon. Pour la première fois depuis quinze ans, des larmes coulaient de mes yeux desséchés. Profitant de mon désarroi, Rachel m'a entourée de ses deux bras et a caressé mon corps avec cette adresse que seules les femmes possèdent. J'ai pleuré de plus belle, enfermée dans cette tendresse à laquelle je n'avais plus accès depuis mon errance à travers l'oubli.

Intimidé par les caresses de Rachel sur ma peau, Frédéric s'est levé en disant: «Je vais préparer du thé.» Rien d'autre: qu'aurait-il pu ajouter alors que je me lovais dans les bras de ma salvatrice, sensible à ces petits bonheurs qu'elle dessinait sur ma peau? Depuis combien de temps ne m'étais-je abandonnée à un corps d'où pointait le désir?

Profitant de l'absence de Frédéric, Rachel s'est blottie davantage contre moi. J'ai cessé de pleurer, mais j'avais le trac: celui de me perdre dans l'odeur de ses cheveux, la

douceur de son ventre, la rondeur de ses seins. En fredon-
nant une vieille complainte de marin, elle ne m'a pas ber-
cée comme une mère, mais comme une amante. Ne
rencontrant aucune barrière, ses doigts exploraient mon
corps en friche, inhabité depuis si longtemps. Je savourais
chacun de ses gestes dans un état second : je la laissais
évoluer sous ma carapace sans freiner ses élans amoureux,
même si je ne les partageais pas encore. Je sentais les mains
et les pieds de Rachel se tailler un chemin dans mon
intimité. Était-ce nouveau ? Cette manière qu'elle avait de
m'atteindre, faisant fi de mes résistances, me surprenait à
un point tel que je la laissais s'avancer vers moi tellement
j'avais désormais besoin de quelqu'un. Mais quel était au
juste ce besoin si aigu ?

Emmurée dans une peine incommensurable, j'émergeais d'un univers où le désir ne se pointait plus, où le sexe
n'avait pas de sens, où la vie n'existait même pas. Une
intruse venue du Sud s'était infiltrée en moi, bousculant
tous mes engagements, y compris celui de ne plus jamais
revoir mon fils. Qu'elle ait visage et sexe de femme m'importait peu : elle seule avait réussi à m'atteindre là où
j'allais bientôt mourir, non pas à cause de l'eau glacée de la
rivière Yukon... Mais serais-je capable d'aimer autrement
que dans un corps à corps qui me dévoilerait trop fragile ?

❑

Quelques jours plus tard, c'est en observant les oiseaux
en migration sur le lac que je me suis rappelé que Mado
avait insisté pour que je me rende à l'hôpital ; je lui avais
répondu que je préférais regagner ma cabane. Malgré nos
collaborations régulières durant les derniers sauvetages, je
n'avais jamais laissé Mado s'approcher de mon refuge, pas
plus qu'aucune autre femme d'ailleurs, sauf Rachel. J'étais

une aventurière qui évoluait dans un monde d'hommes : rien ne m'y rappelait mon quotidien d'épouse et de mère. Ayant deviné tout cela depuis des années, Mado avait alors insisté pour que Frédéric passe quelques jours dans mon refuge, question de s'occuper de moi. Elle se doutait bien que j'accepterais puisqu'un lien privilégié s'était tissé entre nous, lien qu'elle ne pouvait comprendre, mais mettait à profit dans la situation actuelle. Nous nous étions donc retrouvés tous les trois, Rachel, Frédéric et moi, à attendre ma guérison.

Alors que j'étais étendue dans mon hamac devant le lac à peine gelé, j'ai entendu mes pensionnaires discuter, mais j'étais trop loin pour saisir leurs paroles. Ce n'est que beaucoup plus tard que Frédéric a été capable de me les rapporter assez fidèlement :

— Mon cher Frédéric, Jeanne préfère que tu t'en ailles.

— C'est impossible, Rachel. Elle me l'aurait dit !

— Elle n'ose pas. Depuis son accident, tu comprends, elle ressent une certaine gêne. Mets-toi à sa place !

— Tu as peut-être raison...

— N'oublie pas que c'est moi, et non toi, qui l'ai ramenée dans le canot !

Si j'avais été au courant de leur conversation, je n'aurais jamais toléré l'affront de Rachel et j'aurais su d'où venait la honte de mon jeune protégé qui, d'une voix triste, m'a annoncé :

— Tu n'as plus besoin de moi, Jeanne. Je pars aujourd'hui, pour longtemps. Ne me pose pas de questions.

Respectant ce jeune garçon fier et entêté, j'ai gardé le silence. Au lieu de me tendre la main, ou de me regarder, il a détourné la tête et s'est défilé, cachant son malaise. Je l'ai vu disparaître à travers bois et ça m'a fait mal. J'ai donc appelé Rachel pour en savoir plus, et elle a confirmé mes craintes :

— Frédéric est amoureux de toi, Jeanne.

Tout l'après-midi, je suis restée là, étendue, à contempler les reflets des nuages déformés par la glace trop mince du lac. Frédéric, amoureux de moi! Pauvre enfant... à peine seize ans... plus jeune que mon propre fils. Mais pourquoi ne me l'avait-il pas dit? En me posant la question, j'ai revécu la scène où Rachel me caressait sans que je la repousse. Cela avait dû troubler Frédéric, surtout s'il m'aimait. Rachel avait sans doute raison: mieux valait qu'il parte, qu'il m'oublie, puis qu'il revienne un jour me présenter sa femme et ses enfants.

En réglant ainsi le cas de Frédéric, je voulais offrir à Rachel tout l'espace disponible dans mon esprit, dans mon corps et dans mon cœur. Cette intruse s'infiltrait en moi plus vite que je ne l'aurais imaginé. Elle était d'une telle force... Me relayer sans crier gare en plein sauvetage, au milieu de gens qu'elle ne connaissait pas, s'installer dans ma cabane, assurer toute seule l'ordinaire, elle qui devait avoir électricité, eau courante et magasins à portée de main... Malgré tout cela, quelque chose clochait: Rachel ne pouvait être aussi parfaite dans un monde où chacun accumule malheurs, inquiétudes et détresse. Que cachait-elle alors derrière sa terrible assurance?

Ce n'est que durant notre randonnée de télémark que j'ai compris pourquoi Rachel désirait tant entrer dans ma vie et, bien plus tard, pourquoi la sienne s'échappait sans qu'elle puisse réagir.

❏

La lune ronde pénétrait par la fenêtre, nous incitant à sortir dans la nuit. Nous avons fixé les peaux de phoque sous nos skis: il devait être à peu près vingt-deux heures. J'ouvrais la piste: la neige montait à la hauteur de mes guêtres.

— Rachel, tu peux fermer ta lampe frontale !

Je me souvenais des soirées où, jeune adulte, je guidais des citadins en ski : ils avaient besoin d'éclairage pour se repérer. Lorsqu'ils acceptaient d'éteindre leurs lampes, ils entraient en contact avec la nuit, avec eux-mêmes. Ils revenaient transformés, comme s'ils retrouvaient leurs origines de coureurs des bois ou leur appartenance au règne animal. Ils n'étaient plus réduits à l'état de cerveaux. Je détestais les chalets et les refuges qui nous gardaient captifs dès la tombée du jour : je préférais coucher dans la neige !

Les peaux de phoque adhéraient au sol. Nous montions les pentes abruptes en ligne droite. Je sentais le souffle de Rachel sur mon épaule. Elle me suivait à la trace. Au tiers de la montagne, je suis tombée dans un fossé que Rachel n'a pu éviter. Nous sommes restées un moment dans la poudreuse, l'une contre l'autre. Ce répit nous permettait d'admirer les étoiles : Orion, la constellation du guerrier, était fidèle !

Durant mes journées de récupération, Rachel et moi avions trouvé un certain équilibre : nous nous observions, intriguées l'une par l'autre. Je sentais qu'elle avait besoin de moi, mais j'ignorais pourquoi. Le fait de mettre au point son projet pour sa clinique ne lui suffisait pas. Autre chose l'amenait à prendre racine dans ma vie et m'amenait, moi, à prendre racine dans la sienne, je dois l'avouer, mais je ne parvenais pas à saisir ce lien qui nous unissait de plus en plus. Seul le souvenir de mon réveil au campement, alors qu'elle me caressait telle une amante, me troublait encore. Je ne pouvais aimer véritablement, et encore moins une femme : c'était ma seule certitude. Paradoxalement, je n'arrivais pas à m'abstraire de son désir, comme si c'était cette voie que je devais absolument emprunter pour quelques raisons encore obscures en moi.

En nous relevant de peine et de misère du trou que nous avions creusé dans la neige, je savais que Rachel allait dévoiler le véritable motif de sa venue au Yukon, parce qu'elle se livrait toujours dans l'action, à travers ces moments d'aventure où nous étions centrées sur nous-mêmes dans des espaces infinis. Je le savais parce que j'étais pareille. Curieusement, elle a préféré parler d'autre chose, ce qui signifiait se taire, selon moi, dans ce genre de situation.

— Quand je pense qu'on va dormir dans la neige, à deux kilomètres de ta cabane... a constaté Rachel, en se rapprochant de moi.

— Tu n'as jamais dormi dans un trou de neige ?

— Non, a-t-elle avoué, laissant de côté son image de femme capable de relever tous les défis.

— Nous pourrons attacher nos sacs d'hiver ensemble, si ça peut te rassurer, ai-je dit en regrettant ma proposition trop spontanée.

Cette intimité entre nous me troublait pour la deuxième fois.

— Allez, hop! ai-je rajouté, pour sortir de cette impasse.

Avec l'énergie des alpinistes, nous avons gravi mètre par mètre la montagne. Rendues au sommet, sur les roches balayées par le vent, nous avons savouré nos galettes d'avoine et partagé un chocolat chaud. Nos vêtements de plumes et de poils nous abritaient du froid.

La descente s'amorçait : nous avons roulé dans la neige aussi souvent l'une que l'autre : nos skis se croisaient, les arbres se rapprochaient, la vitesse nous emportait. C'était grisant ! Nous enchaînions nos virages sur le chemin que j'avais choisi : un ancien ruisseau coincé entre deux escarpements rocheux. La neige s'accumulait très vite dans ce corridor. L'euphorie de la nuit nous gagnait et exorcisait nos craintes. Au dernier tournant, avant la clairière des Trois Lièvres, Rachel a littéralement pris son envol... Mais quel atterrissage ! J'étais certaine de la ramasser en pièces détachées.

— Rien de cassé ? lui ai-je demandé, en remontant la piste.

— C'était un *snow snake*... Il a mangé mes fixations ! a-t-elle répondu en tentant de démêler ses bras, ses jambes, ses skis et ses bâtons.

— Courage ! lui ai-je dit en l'aidant à secouer la neige qui s'était infiltrée dans son cou, sous son anorak et dans son pantalon.

En skiant avec Rachel, je retrouvais une certaine insouciance, la même que ma mère et ma fille partageaient quand elles vivaient. Lorsqu'elles cuisinaient leurs fameuses galettes à la gelée du temps des fêtes, je les entendais discuter à qui mieux mieux, passant de la conversation grave au badinage ! Nous séjournions toujours quelques semaines par année au Québec puisque ma mère venait des Cantons-de-l'Est, plus précisément de Saint-Malo, un petit village de côtes et de boisés. C'est cette ambiance que je retrouvais maintenant avec Rachel, cette intrépide qui s'était rendue jusqu'à moi, m'obligeant désormais à glisser de la survie à la vie, rien de moins.

Il était deux heures du matin. Les nuages masquaient la lune. Nous nous sommes attardées devant le feu de camp : les flammes sur la neige créaient des ombres magiques. En fait, je n'osais dire à Rachel que j'avais sommeil tant mes sens s'éveillaient à son contact. J'avais peur de ce qui allait inévitablement nous arriver. Je sentais son désir traverser mes vêtements, se rendre jusqu'à mon sexe qui s'éveillait malgré toutes ces années d'abstinence. Et si elle me repoussait du revers de la main ? Je fixais les tisons rouges dans l'espoir d'y lire autre chose que l'abandon, la désillusion, le rejet, toutes ces choses, en somme, qui meublaient mon quotidien. Je désirais Rachel, comme on désire quelqu'un que l'on n'aime pas, mais qui peut nous permettre de renouer avec l'amitié, la tendresse et tout ce que l'on élimine quand le malheur est insupportable. Je voulais maintenant faire l'amour avec Rachel, même si c'était une femme, mais j'avais peur, peur que cela ouvre une brèche définitive dans ma carapace, peur que cela me conduise jusqu'à mon fils par des chemins impraticables, loin de la noirceur enveloppante du Yukon.

Dans ce terrible silence qui masquait tout ce qui aurait dû être dit, je me suis levée et j'ai déroulé nos sacs de couchage que j'ai attachés ensemble et déposés sur les matelas isolants. Puis je me suis étendue, prête à vivre l'instant comme il se présenterait.

— À ton tour, Rachel !

J'avais un trac fou, tellement que je me suis recroquevillée aussi loin d'elle que les sacs me le permettaient. Je savais qu'elle frissonnait. Pourtant, son linge sec aurait dû la garder au chaud, et l'heure tardive la plonger dans le sommeil. Mais non. Elle s'est lovée contre moi, en chien de fusil. Je sentais trop distinctement son corps de femme long et délicat dans mon dos pour être capable de dormir. Qu'allions-nous devenir ? Je me suis retournée pour lui souhaiter de beaux rêves, espérant retrouver mon calme à travers ce rituel qu'accomplissaient des milliers de gens. C'était à mon tour de trembler, non pas de froid, mais de frayeur. Nous étions maintenant face à face. Rachel s'est rapprochée, passant son bras sous ma nuque. Ses seins prolongeaient les miens, me confirmant de nouveau l'étrangeté de notre situation. Mais là, dans ses bras, je ne savais pas comment agir, si bien que j'ai attendu son geste, son signal dans les dédales de la nuit.

— Tu trembles, Jeanne... As-tu froid toi aussi ? m'a demandé Rachel, en resserrant son étreinte.

— Non, ai-je dit, incapable de partager mes craintes.

C'est à ce moment-là que Rachel a pris les devants.
J'ai senti ses lèvres trop douces se poser sur les miennes,
laissant nos langues se délier. Ses baisers résonnaient tels
des appels dans le brouillard. J'émergeais d'une tempête : mon naufrage prenait fin sur son île, sur ses seins
que je caressais à travers son gilet. Elle m'a pris la main
et l'a promenée sur sa peau, s'attardant à toutes les
courbes qui frémissaient sous mes doigts. Je la sculptais
des cheveux jusqu'aux hanches, contournant son sexe
humide et chaud qui m'appelait. L'air froid du dehors
nous forçait à nous rapprocher jusqu'à ce que nos corps
s'emboîtent, jusqu'à ce que nos sexes se répondent en
écho.

— Ta peau est douce, m'a-t-elle dit, en promenant ses
lèvres sur mon ventre.

Je sentais son haleine se mêler à ma sueur. Elle a posé
sa langue sur la pointe de mon sein en caressant l'autre du
bout des doigts. Ma poitrine se soulevait à son contact : je
m'ancrais en mordillant ses oreilles, en buvant à ses yeux.
J'ai tracé les contours de son visage avec la paume de ma
main en lui disant :

— C'est mon geste.

J'avais besoin de signer mon nom sur son corps,
comme si je pressentais qu'autant de bien-être ne pouvait
durer. Elle s'est étendue de tout son long sur moi : nos
bouches, nos seins et nos sexes nous projetaient vers un
orgasme qui annulait nos solitudes. Le liquide circulait de
sa vulve à la mienne, noyant mes retenues. Je désirais à
mon tour découvrir tous les orifices de son corps de
femme. À chaque soubresaut, nous nous approchions
davantage pour partager le calme de la forêt et la chaleur
de notre être. C'est à travers cette valse sans fin, rythmée
par nos baisers, que nous avons glissé dans le sommeil à
notre insu. Nous avons peu dormi cette nuit-là.

Le soleil riait déjà lorsque Rachel m'a demandé de l'embrasser encore en promenant sa main sur ma peau. J'ai respiré son odeur mêlée à celle des sapins. Nos ébats nous rapprochaient, c'était notre façon de parler, de livrer l'essentiel. Nous ne voulions pas engager de grandes conversations sur nos vies : les paroles nous échappaient à toutes les deux. Quand elle a suggéré que nous nous levions, je me suis enroulée dans nos sacs de couchage pendant qu'elle s'habillait. Je la regardais d'un œil rieur, j'étais bien avec elle.

De retour à ma cabane, nous nous sommes installées côte à côte sur la galerie pour déjeuner. Nous ne pouvions nous éloigner l'une de l'autre plus d'un instant. Nos corps étaient devenus des aimants attirés par je ne sais quelle puissance. Rachel souriait en buvant son café, la figure au soleil.

❏

Vers la fin d'octobre, lorsque Georges l'Amérindien est venu chercher Rachel pour la reconduire à l'aéroport, il a vu le mélange de peine et de soulagement dans mes yeux. J'avais vécu avec cette femme un bond de plus de quinze ans, bond qui me ramenait invariablement en Suisse, à l'époque où j'étais entourée de Véronique, de Francis et de Bernard. Je m'étais enfuie aussi loin que possible, mais les gens que j'aimais ne s'étaient pas éclipsés, au contraire. Leurs visages s'étaient définitivement fixés dans ma chair, y respirant l'air de mes poumons, rongeant mon cœur un peu plus chaque jour.

Témoin de ma détresse, mais connaissant si peu mon histoire, Rachel savait-elle que sa venue dans ma vie avait lézardé le mur que je m'étais construit ?

En m'invitant à me joindre à l'équipe de sa clinique le temps de mettre en place un véritable plan d'urgence, voulait-elle conclure un marché, devenir mon amante, ou plus encore?

Lorsque Rachel est montée sur la motoneige de Georges l'Amérindien, elle m'a regardée comme un homme fixe le corps d'une femme dans sa mémoire. Cela m'a troublée, si bien que mes dernières paroles ont dû lui sembler amères:

— Tu te trompes, Rachel, je ne deviendrai jamais ta conjointe.

Défiant mon regard trop dur pour des salutations de circonstance, Rachel m'a répliqué:

— En es-tu bien certaine?

Jamais je n'aurais répondu à une telle provocation. Plutôt regagner ma cabane pour m'y enfermer de nouveau. C'est alors que Rachel est descendue de la motoneige et m'a prise dans ses bras pour m'avouer ceci:

— Jeanne, si ce que tu dis est vrai, je serai ta meilleure amie, ton amante si tu acceptes, mais je ne suis justement plus capable d'aimer une femme et de vivre en couple avec elle. Je n'en ai plus la force. Crois-moi.

Georges l'Amérindien attendait, immobile, muet, faisant corps avec le ciel grisonnant et la terre gelée. Il avait tout compris depuis le début. Il a même ajouté, lui qui parlait trop rarement:

— Dans le Sud, il y a des bêtes sauvages qui mangent dans nos mains.

Intriguées par les paroles de cet homme trop sage pour nous, Rachel et moi nous sommes embrassées, puis elle est partie. Je n'ai pas regardé la motoneige enfiler le sentier dans les conifères: je me suis plutôt allumé un feu pour me réchauffer du dehors au dedans et pour enfin contrer l'éternelle noirceur du Yukon.

❏

Tout s'est déroulé très vite par la suite, pensais-je en faisant mes bagages pour un an. Rachel était partie depuis dix jours à peine quand j'ai décidé d'aller la rejoindre. Trop content de ce qui m'arrivait, Christian, mon protecteur, m'a rapidement trouvé une maison dans les Cantons-de-l'Est, à quatre heures de ski de la clinique de Rachel! C'était la maison de campagne de Thomas Madigan, son collègue et meilleur copain, parti en Amérique du Sud pour deux ans avec l'organisme Médecins sans frontières. Il revenait une semaine à chaque saison et deux mois l'été. Si j'acceptais de cohabiter avec lui durant ces périodes, la maison était à moi: dix acres de forêt bordant le parc du Mont-Orford, chevreuils sur la terrasse, mont Chauve dans la cour arrière! Évidemment, ce n'était pas le Yukon, mais je retrouverais Rachel, cette femme trait d'union entre Francis qui était déjà passé par Magog au moins une fois et moi, sa mère. En acceptant de grimper à cette échelle des réconciliations, toujours aidée par Christian, peut-être serais-je en mesure de redéfinir ma vie autrement, à proximité du bonheur.

Dans l'avion, j'ai observé bien des sommets, des lacs et des forêts avant de saisir la portée des paroles de Georges l'Amérindien: «Dans le Sud, il y a des bêtes sauvages qui mangent dans nos mains.» Qui, de Rachel ou de moi, serait prédateur? Qui serait la proie?

RACHEL

Intercalaire 2

*A*u loin, le phare de la pointe transmet son signal parallèle à celui de la lune qui s'éveille. Je capte cette double lumière des hommes que j'espère séduire et des femmes qui m'attirent malgré moi. Toujours cette ambivalence, comme si les pulsations de la terre battaient mâles et femelles sous mes pieds. Pourquoi avoir abandonné Marie-Jo si je ne peux résister à l'attraction de ces femmes perdues, en proie aux amours marginales ? Serais-je toujours prédateur dans la nuit des faibles ?

À mon insu, le vent du nord a noirci le ciel.

D'instinct, je me faufile dans le phare en profitant d'une bourrasque. Les parois de pierre humides m'isolent de la chaleur de Marie-Jo. J'emprisonne mes amours de femme au goût inachevé. Je tente de m'assoupir dans cet espace sans lune d'où rien ne s'échappe.

Je reste là, immobile, en exil. Le phare émet sa lumière au dehors, balise d'autres routes. Derrière mes paupières, la noirceur anéantit mes rêves qui portent le nom de Marie-Jo. Mes mains s'agrippent aux barreaux de l'escalier. Je me terre dans le vert-de-gris de la nuit. Mes désirs d'enfantement se heurtent au sortir de ma gorge. Je me tais. Seuls les pleurs d'enfants résonnent, traduisent la violence de mes silences. Je m'enterre dans les bras de la mer qui frappent l'îlot, ébranlent le phare et mes certitudes.

J'ai laissé couler Marie-Jo. Le courant a dévié mes caresses vers des corps de femme qui se sont pliés au jeu de la séduction. Je vois à rebours leur détresse, leur panique et mon envie de fuir, de prendre racine dans ce phare d'où personne ne ressort vivant.

L'appel du large ne m'atteint plus depuis que j'ai balayé Marie-Jo du revers de la main. Je m'enfuis alors vers ces hommes à même de dessiner d'autres visages aux escales de l'amour.

Je quitte le phare : la lune n'existe pas.

III

CHARLES

La nuit du Faucon

Je savais que je ne pourrais échapper à mon destin lorsque je poserais enfin les pieds sur ma terre natale. À mon départ du Québec, à l'âge de dix ans, j'avais la certitude que j'allais vivre en Europe des événements que j'effacerais dès mon retour. Mais jamais je n'avais cru que je resterais là-bas quinze ans et que moi, Charles le malheureux, j'irais jusqu'à vouloir balancer ma mère et son conjoint par-dessus bord. Au lieu de les tuer littéralement, j'avais décidé de traverser l'Atlantique en paquebot : j'avais besoin d'au moins une centaine d'heures à me perdre dans le sillon du bateau pour me purifier de toute la haine et la rage que j'avais accumulées en Suisse dans ma famille reconstituée.

Francis, mon frère d'adoption, m'avait trouvé un lieu de stage à la Clinique de santé-sécurité de Magog. Au cours de l'un de ses voyages au Québec comme entraîneur de ski alpin, il avait rencontré la directrice de cette clinique, Rachel Sauvé, et lui avait parlé de moi ; puis, comme il plaisait aux femmes qui souhaitaient un amant d'un soir, il avait soupé en tête-à-tête et partagé la nuit avec elle dans un café-couette de la région.

Depuis plusieurs années, Francis parcourait le monde avec les jeunes recrues de l'équipe de Suisse qui, comme lui auparavant, avaient espoir de monter sur le podium. Aussi déterminé soit-il, Francis n'avait pas le tempérament d'un coureur : il se posait trop de questions sur le sens des choses, sur le fonctionnement du sport de haut niveau, sur les techniques de pointe en ski, en somme, sur tout cet univers dans lequel il avait vécu intensément pour fuir sa réalité, pour oublier que, enfant, il avait été abandonné par sa sœur morte dans une avalanche, par sa mère partie seule au bout du monde, et par son père qui ne parvenait pas à se remettre de toutes ces pertes. Je demeurais le seul ami de Francis, son frère, presque son jumeau.

Au large de Terre-Neuve, j'ai aperçu mon premier iceberg : une montagne blanche, voire translucide, qui prenait pied dans l'infiniment bleu de l'océan et du ciel confondu. L'effet était magique, à tel point que mon imaginaire a basculé : je voyais notre adolescence, à Francis et à moi, se mouvoir à travers les veines de glace de l'iceberg, empêchant nos émotions de traverser les parois de ce bloc immense, notre demeure. Puis, au passage simultané d'une vague et d'un nuage, l'iceberg s'est fissuré et nous a délivrés : nous étions des géants gelés, incapables de nous déplacer seuls. L'eau a entraîné Francis qui s'est mis à flotter, à surfer sur les vagues, éclatant de soleil, enfin heureux. Mais moi, j'ai été happé par un éclair qui a lézardé ma peau de crevasses par lesquelles la noirceur s'infiltrait et, aspiré par des vents violents, je riais à m'en fendre l'âme.

Si Francis avait été sur le bateau, il m'aurait aidé à remonter à la surface en disant : « Pas encore une histoire de destinée… Quand vas-tu cesser de te rendre malheureux ? » Mais comme il n'y était pas, mieux valait que je quitte le pont, d'autant plus que j'étais attendu.

Le capitaine se faisait un point d'honneur de rencontrer tous ses passagers, en tout une cinquantaine : les jeunes le midi et les notables le soir, hiérarchie oblige ! Contrairement à la coutume, il ne m'attendait pas à la salle à manger, mais dans la cabine de pilotage où un repas frugal était servi. La compagnie de navigation, dans sa publicité, offrait un passage gratuit à un étudiant dûment inscrit à une université québécoise et qui répondrait correctement aux questions du capitaine sur la conduite d'un navire. J'avais obtenu le billet, il me restait à gagner la seconde manche.

Impeccable dans son uniforme blanc, le capitaine achevait la lecture des appareils de navigation quand je suis arrivé !

— Alors, jeune homme, c'est vous l'étudiant ?

J'étais intimidé par cet homme très grand à l'allure décontractée. Il a consulté le dossier qu'il avait devant lui et a lu à voix haute :

— Charles Patenaude, diplômé en architecture, inscrit au programme de maîtrise en aménagement du territoire, deuxième année, Université Laval.

Avant que le seul maître à bord me pose la série de questions habituelles, je me suis empressé d'ajouter :

— J'ai terminé ma scolarité de maîtrise à l'Université de Grenoble. J'ai trouvé un milieu de stage au Québec.

— Pourquoi ne pas devenir plutôt capitaine ?

Quelle question ! J'ai répondu la première chose à laquelle j'ai pensé :

— Parce que jamais je n'atteindrais le bon port !

Le capitaine n'a pas paru étonné. Au contraire, il a fixé l'horizon, comme s'il y voyait une sirène, ou autre chose d'aussi désirable.

— Moi non plus, je ne l'ai jamais atteint !

J'ai passé la journée avec Joseph Marchand, ce marin originaire de Champlain, sur la rive nord du Saint-Laurent, exilé sur son cargo, entouré de son équipage, seul sur terre, une vraie légende, quoi !

— En bon marin, ça m'intrigue : les études au Québec, c'est à cause d'une femme ? m'a demandé le capitaine en tortillant les pointes de sa moustache grise.

— Une femme, oui, que mon frère a croisée l'hiver dernier. Une grande brune aux doigts de fée, m'a-t-il dit... La directrice de la clinique où je serai stagiaire. Pour être franc, je ne l'ai jamais vue, cette femme !

Le capitaine comprenait tout cela mieux qu'un père. Cet homme avait aussi connu de telles fées : c'était encore elles qui le faisaient s'arrêter au port bien plus que ses contrats de travail !

Je n'ai rien ajouté. Après tout, qu'y avait-il d'étrange à ce que mon frère, un jeune athlète blessé au genou, profite des traitements et des charmes d'une ostéopathe à l'étranger, loin de la Suisse ? La vie d'entraîneur était-elle si différente de la vie de marin ? Et si Francis avait aimé Rachel, il n'aurait pas suggéré que je lui écrive pour lui demander de me recevoir. J'allais en avoir le cœur net, puisque je devais la rencontrer à l'Université Laval, le 11 novembre, juste avant la neige.

Voyant mon hésitation à continuer de parler d'une femme que je ne connaissais pas encore, le capitaine s'est contenté de me lancer une bouée de sauvetage, au cas où mon séjour au Québec avorterait.

— Ton billet de retour est valide pour un an...

J'ai pris congé du capitaine, étonné qu'il existe encore un homme comme lui. Je suis retourné sur le pont arrière me perdre dans le sillon du bateau. L'iceberg avait cédé sa place à trois baleines à bosses qui jouaient à saute-mouton. Je me demandais si Rachel serait aussi mon amante, moi qui passerais plus d'une nuit à Magog, disponible si tel était mon destin !

❏

— Écoute, Maude, ça n'a aucun sens, ce que tu dis.

— Mais si, mon pauvre Charles !

— Rachel n'a pas pu avoir une aventure avec le fils, puis ensuite avec la mère !

Quelles vipères, les femmes... Autant Maude que Rachel, sans parler de Jeanne ni de ma propre mère ! Mais dans quel monde suis-je né, moi, Charles le tendre ?

La neige tombait en gros flocons sur nos planches à voile prêtes à bondir sur l'écume des vagues jusqu'aux trois îles, là où le vent forcit en prenant son élan du bout du lac, chez les Américains. Plein d'énergie, de force, de rage, j'ai saisi le mât et le wishbone, glissé mes pieds dans les arceaux, et la nature a fait le reste : je sautais les vagues comme un cascadeur, noyé d'avance par toutes ces femmes incapables d'aimer qui transmettent ce virus mortel à leurs fils, immobilisant du même coup leur mari dans leurs doigts de veuves noires. J'ai viré à la dernière minute, quand ma planche a effleuré le rocher à fleur d'eau signalé par une balise : danger, hauts-fonds !

Au large, la voile orange de Maude venait de dessaler : elle ne disposait que de quelques minutes pour effectuer un *waterstart* afin de se hisser au-dessus de ce mélange d'eau glacée et de neige fondante. Dire que nous avions eu tant de plaisir à faire de la planche ensemble en Bretagne, dans son coin de pays, aux îles de Glénan. Nomade à l'extrême, Maude connaissait tous les travailleurs en loisirs de France, et j'exagère à peine ! À l'Université de Grenoble, c'est elle que les professeurs invitaient pour nous parler terrain : nous enviions sa réputation d'athlète des sports extrêmes et de consultante innovatrice. Mais était-ce précisément parce qu'elle parcourait le monde qu'elle avait développé ce côté commère de village ? Voulait-elle se rendre intéressante et indispensable auprès des gens qu'elle ne côtoyait jamais plus de deux mois sous peine d'avoir le mal du voyage ? Et que dire de ses amours à court terme, comme si elle ne voulait jamais s'ancrer ? Est-ce pour cela qu'elle s'entendait si bien avec Rachel ? Deux femmes de l'errance, l'une bavarde comme une pie, l'autre silencieuse comme une tombe : voilà dans quel entourage j'évoluais depuis presque une semaine.

Préoccupé par mes réflexions, je n'ai pas vu Maude m'aborder à tribord. Résultat : nos planches se sont croisées, nous expulsant tous les deux, déchirant la têtière de ma voile-tempête.

— Rien de cassé ?

— Non, toi ?

Vérifications d'usage : seul le matériel était endommagé. Nous en avons profité pour manger notre lunch et boire un café chaud, bien sucré, avant de sortir les gréements de l'eau. Nous étions seuls sur le banc des véliplanchistes à Southière-sur-le-Lac, secteur résidentiel à l'ouest du lac Memphrémagog : les touristes et les saisonniers avaient regagné Montréal, et les résidants leur travail. Seuls les retraités dont les chalets bordaient la grande plage assistaient à nos prouesses derrière leurs rideaux. Ils avaient bien vu la collision, et les plus braves se préparaient à sortir, mais c'était inutile : nous avions déjà commencé à enlever la voile endommagée pour en enfiler une autre, plus grande.

— Tu es sûr que tu peux la tenir ?

Maude s'inquiétait, ce qui était rare. Elle voyait bien que j'augmentais la surface de ma voile alors que le vent forcissait toujours. Mais elle n'a rien ajouté.

— Tu vas voir, si je peux la tenir ! Rendez-vous à l'île Ronde...

Maude avait raison : sitôt que je suis sorti de la baie, le vent est rentré de plein fouet dans ma voile et a failli me faire décrocher. J'ai eu chaud ! Pas plus chaud que la veille, quand j'avais vu Jeanne au salon du personnel de la clinique, assise dans le fauteuil de cuir près du foyer. En Suisse, sa photo reposait juste au-dessus de la cheminée, bien en évidence dans la pièce principale de la maison, pour nous rappeler, à ma mère et à moi-même, que nous étions des étrangers dans cette famille, même si Bernard, le père de Francis, avait accepté de refaire sa vie sans jamais défaire l'autre, celle qui l'avait en partie détruit. Francis et moi avions le même âge : douze ans. Nous vivions sous l'emprise du fantôme de Jeanne.

J'ai croisé l'île le premier, gagnant la course contre Maude, une adversaire coriace, mais c'est Jeanne que je voulais mettre au défi : n'était-ce pas justement cela, mon destin ? Je savais qu'en abordant ma terre natale... Si Francis apprenait que j'avais rencontré sa mère à la Clinique, pire, que Rachel, sa maîtresse d'un soir, était devenue l'amante et la directrice de sa mère... À coup sûr, il se détruirait... À cela, je ne pourrais survivre.

Rendue à l'île Ronde, Maude a continué à traverser le lac, pas très large à cet endroit, jusqu'aux chalets du côté est. Je l'ai suivie par réflexe, comme quelqu'un qui s'accroche à n'importe qui pour rester à flot, comme je l'avais fait plus jeune. C'est pour cela que Francis et moi étions devenus plus que des frères, contrairement aux enfants des familles reconstituées qui se déchirent le plus souvent. Il fallait bien que nous réagissions ainsi : ma mère passait tout son temps à soigner son homme, en dépression grave à cause de l'accident. Au bout de trois ans, Bernard s'est aperçu que je vivais dans sa maison, au moment où Francis et moi avions fugué avec les skieurs de l'équipe de France : nous leur avions raconté une histoire plausible et, comme nous étions d'excellents skieurs, cela avait marché. Bernard est alors sorti de sa léthargie : il ne voulait pas perdre son fils, tout ce qui lui restait ! Et ma mère et moi, quelle valeur avions-nous à ses yeux ? J'étais toujours le méchant, surtout qu'après notre fugue, Francis et moi, nous nous sommes enrôlés dans l'équipe de ski alpin de Suisse, en bonne et due forme cette fois-là. Très jeunes, nous avions vécu d'hôtel en hôtel, avec nos entraîneurs et instituteurs qui avaient plus de considération pour nous que nos propres parents. Mais à chaque congé, nous re- trouvions toujours la photo de Jeanne dans cette maison de montagne où ne subsistait que le silence après la tempête.

J'avais les bras morts, même si j'étais accroché à ma voile par un harnais. Morts à cause de tous ces souvenirs qui me crispaient les muscles du cou et des épaules : combien de temps allais-je tenir avant d'accoster sur la berge ? Maude avait raison : j'étais surtoilé. Par chance, nous arrivions à une petite plage privée de trois mètres à peine. Une femme nous observait à la jumelle. Connaissait- elle Maude ? Nous sommes débarqués de nos planches en laissant nos voiles faseyer dans une même chorégraphie. Notre hôtesse s'est approchée :

— Beau spectacle !

Effectivement, deux voiles de couleurs vives évoluant sur un lac noir de mi-novembre parmi de gros flocons soufflés par les vents du nord, ça valait le coup d'œil. Même pour une profane.

— Vous êtes Maude, j'imagine.

— Vous me connaissez ?

— Rappelez-vous : nous nous sommes rencontrées à la Société des alcools. J'étais avec Rachel Sauvé, qui vous a acheté une planche à voile fin août…

— Marie-Jo Fournier ! Rachel m'a parlé de vous…

En observant ces deux femmes se présenter, je n'ai pu m'empêcher d'ajouter :

— Évidemment, Maude Jézéquel, tous les Français te connaissent, pourquoi pas les Québécois !

Maude n'a rien ajouté, contrairement à son habitude. Elle semblait mal à l'aise, car elle croyait bien s'être arrêtée au chalet de Rachel, mais sans savoir que Marie-Jo y faisait encore escale quand elle n'avait pas de cours à Montréal. En homme gentil, je l'ai sortie de l'embarras :

— Vous faites de la planche aussi ?

— J'aurais justement pu suivre un cours avec Maude à la fin de l'été, mais j'ai refusé.

— Vous avez peur de l'eau ?

— Non, de Maude !

Cette femme qui disait ce qu'elle pensait, entre deux gorgées de café, au chaud dans son ciré jaune et bleu, avait du cran ! Cela me plaisait.

— Et vous, qui êtes-vous ?

Maude s'est empressée de répondre :

— Lui, c'est Charles, mon copain, mon chum comme vous dites.

— Ah !

Comme si Maude n'avait pas savouré pleinement sa revanche, elle a ajouté :

— Le danger, ce n'est pas moi... Cherchez plutôt du côté de Rachel, pas vrai, Charles ?

Là, elle en mettait trop ! Je ne savais pas ce que représentait Maude pour Marie-Jo, mais je me doutais que toutes deux n'étaient pas indifférentes aux aventures de Rachel. De toute façon, devant le tissu de mensonges de Maude, j'ai préféré battre en retraite. Sur les rives de ce grand lac, je sentais le souffle du monstre Memphré effleurer ma voile : mon destin me hantait de nouveau.

❏

Le premier matin où je me suis retrouvé seul locataire de ma petite maison de bardeaux gris, moi, Charles le délaissé, je me suis réveillé à six heures, le ventre vide. La veille, j'avais couru dix kilomètres, croisant sur ma route des camions de toutes sortes s'arrêtant dans une station-service, Sonerco, qui affichait jusqu'à six pleins de café avec déjeuner complet !

Maude était partie la veille, rappelée par le directeur de l'école de voile des Glénans, qui voulait lui confier la programmation d'hiver en Bretagne, ce qui nous convenait à tous les deux : elle voulait relever un nouveau défi, et ses mensonges avaient détruit l'estime que je lui portais. J'avais repris la maison qu'elle louait et prolongé le bail pour la durée de mon stage, amoureux de cet environnement mi-urbain mi-récréatif qui était désormais le mien. Je disposais, dans une même région, d'un terrain de jeu où je n'avais qu'à attendre le changement de saison pour varier mes activités. Plus besoin d'aller à la mer ou à la montagne, comme en Europe ! Aussitôt ma planche remisée, j'ai chaussé mes skis pour m'amuser sur les petits sommets des alentours : rien de comparable avec les Alpes, mais dans un parcours de compétition, cela importait peu. Paradoxalement, je sentais que j'aurais pu être heureux ici, s'il n'y avait pas eu Jeanne.

J'ai stationné ma nouvelle voiture chez Sonerco, entre une vieille camionnette et un camion de terre. Dans le coin restaurant, les gars attablés jasaient le nez au-dessus du *Journal de Montréal* en enfilant cafés sur cigarettes. Pour faire comme eux, en entrant j'ai attrapé le premier journal et j'ai aussitôt été réprimandé par la patronne, une grande femme mince et pince-sans-rire qui ne s'est pas gênée pour me lancer :

— Eh ! le sportif, c'est pas gratuit, le journal !

J'ai remis le journal sur la pile, me contentant de m'attabler au comptoir avec les autres gars. Mon voisin m'a tout de suite demandé :

— C'est à toi, la Golf ?

— Non, je l'ai louée.

J'avais passé le test : je pouvais venir déjeuner tous les matins chez Sonerco, car un habitué avait parlé d'autos avec moi, l'étranger. Après quinze ans en Europe, j'avais à peine un léger accent, n'ayant ni oreille pour la musique ni don des langues. Par contre, mon voisin écorchait le français : il restait pas mal d'anglophones dans les Cantons-de-l'Est, mais ils n'étaient pas tous riches et préoccupés par l'environnement, comme le pensent les touristes en admiration devant les vieux villages britanniques ! En sortant, la patronne, qui ne manquait pas une moquerie, m'a lancé bien fort :

— Le journal *Le Reflet*, c'est gratuit pour les gens de la place !

— Je vais en prendre deux, je ne lis pas vite !

— Une loto avec ça ?

Huit heures n'avait pas encore sonné que j'appartenais à un groupe de loto, que l'anglophone m'avait offert de déneiger ma cour pendant l'hiver et que j'avais trouvé un guide pour la chasse au chevreuil. C'est probablement pour cela que le lundi suivant, mon premier jour de stage, j'ai proposé à Rachel et à Jeanne de commencer la journée chez Sonerco à l'aurore, car Rachel voulait nous faire visiter une partie du territoire à aménager durant l'hiver. Je savais que ce n'était pas le rôle du stagiaire de choisir le lieu du rendez-vous, mais je n'étais pas à l'aise à la clinique. De plus, je revoyais toujours l'image de ma première rencontre avec Jeanne, assise dans le fauteuil de cuir de la salle de réunion, se confondant avec la photo au-dessus de la cheminée en Suisse. C'est pour cela que j'ai pris cette initiative et, ma foi, elles ont accepté, d'autant plus que Rachel voulait trouver des véhicules tout-terrain pas trop chers. Le patron savait tout, même s'il se donnait plutôt des airs de chanteur de pomme que de gérant !

Je suis arrivé le premier pour me préparer à recevoir ces deux femmes que je craignais. Par chance, il y avait eu une grosse bordée de neige ce matin-là : les hommes avaient sorti leurs charrues et c'était la fête dans la station-service. Même si je me sentais étranger, inquiet, toujours victime de mon destin, je reprenais confiance en moi auprès de ces gars heureux d'avoir retrouvé leurs jouets d'hiver !

Lorsque Rachel et Jeanne sont entrées, j'ai bien vu les gars les regarder, pas très discrètement à vrai dire, mais quand elles se sont dirigées à ma table, c'est là que j'ai compris que j'étais un homme envié ! Je me suis levé pour les accueillir, Rachel a effectué les présentations :

— Charles, tu as rencontré Jeanne à la clinique.

— Oui, mais on ne s'est pas parlé.

J'ai tendu la main à Jeanne, qui a soutenu mon regard : elle serait une adversaire coriace. Puis j'ai embrassé Rachel avec qui j'avais soupé dans le Vieux-Québec dix jours plus tôt.

Aussitôt que nous nous sommes attablés, le patron lui-même est venu mettre son grain de sel :

— Ces belles dames veulent sans doute un café ? Ou préfèrent-elles un jus fraîchement pressé ?

Mais la patronne ne l'entendait pas ainsi :

— On t'attend dehors, Raymond ! Je m'occupe du service aux tables.

Rachel m'observait, amusée par mon aisance dans ce lieu typique des villages québécois. J'ai souri, assuré que le contact serait plus facile que prévu avec cette femme qu'on prétendait aussi intelligente que belle, ce qui n'était pas peu dire ! D'ailleurs, je sentais que je gagnais une plus-value à son contact : débarqué depuis peu, déjà au septième ciel, semblaient murmurer les gars... Pas de danger que ça nous arrive !

La seule qui ne semblait pas apprécier cette ambiance précoce du temps des fêtes, c'était Jeanne, à qui la neige, j'imagine, devait rappeler sa fille ou son fils, qui sait. Elle s'est contentée de dire :

— Peut-on voir les plans, Rachel ?

— Oui, oui, mais commençons par manger, après, on aura plus de place pour dérouler les cartes.

— On aurait dû travailler à la clinique...

Je n'ai pu m'empêcher de réagir devant cette femme bourreau de travail qui, j'en étais certain, avait fui tout plaisir personnel, ou presque. J'ai donc ajouté :

— Ou dans ma petite maison de bardeaux, devant un feu de cheminée, dans une ambiance chaleureuse, familiale...

Jeanne est demeurée de glace alors que Rachel a rétorqué avec humeur :

— Au lieu d'étudier les plans d'aménagement ici, on va être plus à l'aise au refuge du Castor, dans le parc du Mont-Orford. Et les sentiers que je veux vous montrer partent de là. Bon appétit !

Je venais de miser juste : Jeanne était devenue sauvage, dysfonctionnelle en société. Rachel savait tout cela, à preuve, elle déplaçait la réunion dans un refuge... Inhabituel ! Je devais rester sur mes gardes. J'ai refait une tentative auprès de Jeanne :

— Rachel m'a dit que vous veniez de loin, mais d'où exactement ?

— Des montagnes. Et vous ?

— De Suisse. Précisément d'un petit village au pied du massif du Nid de l'Aigle. Ça vous dit quelque chose ?

Jeanne n'a pas répondu à ma question. Je l'avais coincée d'aplomb, du moins je le croyais jusqu'à ce qu'elle me réponde :

— J'ai vécu dans ce village avec ma famille, mais depuis quinze ans, j'habite le Yukon, seule. Avez-vous d'autres questions ?

Quelle assurance! Jeanne venait de pénétrer sur le champ de bataille. Instinctivement, je suis passé à l'offensive:

— Vous avez abandonné votre famille?

Ma question dépassait les convenances, mais je voulais lui signifier que je savais tout d'elle pour qu'à son tour elle coure après moi jusqu'à en perdre le souffle, complètement. Elle ne m'a pas répondu, alors j'ai ajouté:

— Francis Romanans, c'était votre fils? Dommage pour vous, il est désormais trop tard pour le retrouver!

Je me suis levé sur ces paroles cinglantes, faisant semblant de me diriger vers les toilettes. Je voulais plutôt observer les réactions de Jeanne et de Rachel pour voir à quel point elles étaient complices. Et j'ai tout vu: Jeanne s'effondrer sur l'épaule de Rachel, les gars se taire et le patron escorter ces dames jusqu'à la porte, furieux contre moi. Il a d'ailleurs lancé à tue-tête:

— Tu y vas fort, l'étranger.

Je me suis réfugié aux toilettes le temps que les gars reprennent leur discussion sur la prochaine tempête. En fait, je préparais ma sortie pour conserver ce lieu où je pourrais me retrancher si nécessaire. Je n'ai pas eu de grands efforts à fournir, car la patronne m'a devancé, pas fâchée que les deux dames, selon l'expression de son mari, aient déserté le restaurant.

— Alors, le sportif, pas trop de raisons de s'en faire?

— Il n'y a pas d'âge pour perdre sa belle-mère! J'ai dû prendre mon courage à deux mains pour l'annoncer à cette pauvre dame...

Les gars ont éclaté de rire! Encore une autre histoire de belle-mère à raconter...

— Attention, c'était une belle-mère de Suisse!

— Toutes pareilles!

Et la fête a repris chez Sonerco: les gars m'ont conté tous les problèmes vécus à cause de leur belle-mère, trop heureux d'avoir un nouvel auditeur pour la circonstance. Avec cette histoire, j'avais vraiment gagné leur estime. Ne me restait que Rachel à conquérir : elle devait me garder comme stagiaire et, idéalement, me prendre comme amant. L'arracher à Jeanne, ce serait de bonne guerre !

❏

De cette première rencontre de travail avortée jusqu'au printemps, moi, Charles l'apprenti, je suis finalement resté stagiaire à la Clinique. Entre novembre et avril, mes rapports avec Jeanne et Rachel ont évolué. Jeanne travaillait souvent avec moi, en silence, l'œil aux aguets, comme si elle tentait de résoudre une énigme dont j'étais la clé. Quant à Rachel, j'étais devenu son homme de confiance, multipliant les initiatives et les décisions au travail. Nous étions partenaires dans les faits, mais Rachel s'échappait sitôt que je m'aventurais sur le terrain de la vie privée. Comment Francis avait-il réussi à s'offrir une aventure avec elle ? Je nageais toujours en plein mystère à ce sujet.

Tous les mois, Jeanne et moi partions une semaine en voyage d'études dans une région du Québec dans le cadre d'un projet de recherche en partenariat signé par l'Université Laval et la Clinique. À la mi-avril, nous revenions d'une tournée en Gaspésie, heureux de profiter de la fin de semaine pour skier hors piste dans les Chic-Chocs. Comme nous avions tous les deux vécu en Suisse, nous nous accordions une trêve dans les grands espaces blancs. Mais ce jour-là, tout ne s'était pas déroulé comme d'habitude.

Notre journée de congé avait mal tourné : une débutante en télémark s'était blessée à un genou. Ses amis avaient crié à l'aide et un habitué des lieux nous avait confirmé que les patrouilleurs étaient au sud du parc avec leurs motoneiges. Il avait fallu évacuer nous-mêmes la blessée. Jeanne s'était occupée des premiers soins, et moi de la confection du traîneau de fortune. Nous avions mis trois heures pour descendre la victime, assistés par ses amis et quelques autres skieurs. Évidemment, nous avons dû nous rendre à l'hôpital de Sainte-Anne-des-Monts pour effectuer le relais avec le médecin de garde. Nous étions fatigués, affamés, quand nous avons repris la route, notre mission accomplie. Avertis, les gardes du parc voulaient absolument nous rencontrer, sachant que nous venions de la Clinique de santé-sécurité de Magog. Ils nous avaient fixé rendez-vous le lendemain, à quatorze heures, et nous avaient invités, toutes dépenses payées, au gîte du Mont-Albert.

Nos vêtements de ski encore trempés, bottes aux pieds, Jeanne et moi roulions vers le gîte. Entre le fleuve Saint-Laurent et les montagnes de l'arrière-pays, le printemps tardait à gonfler les ruisseaux de neige fondue. C'est pourquoi les skieurs prolongeaient la saison ici, malheureusement plus habitués aux centres aménagés qu'aux espaces sauvages qui exigeaient plus d'autonomie de leur part. C'est à cela que je pensais, tout bêtement, quand Jeanne m'a demandé :

— Tu peux me laisser au stationnement de la Chute-à-Mariane ?

— Quelle idée ! Tu vas dormir où ?

— Au petit chalet du Faucon.

— Seule ?

Erreur : ni Jeanne ni Rachel ne répondaient aux questions un tant soit peu personnelles… Que Jeanne couche au diable vauvert, je m'en fichais éperdument ! Quant à moi, j'allais profiter d'un souper à cinq services, d'une douche chaude et d'un lit de rêve, surtout après une telle journée !

Malgré le chauffage de ma Golf, j'avais le frisson. L'humidité me transperçait la peau, me rendant du même coup fragile, plus sensible que d'habitude aux silences de Jeanne. Je ne pouvais m'empêcher de penser à ma vie depuis mon arrivée au Québec à l'automne : cinq mois de tensions, de non-dit, de combats pour garder un minimum de dignité.

Jeanne attirait le malheur, j'en avais la certitude. Ce n'était pas la première fois que Rachel ou moi-même devions l'aider à sortir quelqu'un de la forêt, d'un lac ou d'une montagne. On aurait dit que les gens se blessaient en toute quiétude avec elle, ce qui n'a aucun sens. Pourtant, à sa façon de me regarder, discrètement, je me rendais compte qu'elle découvrait des traces d'abandon, de détresse et de peur sur ma peau, remontant du même coup le casse-tête qui la conduisait à son fils. Je la détestais quand elle se mettait à lire ainsi en moi, telle une mère, comme aurait dû le faire ma propre mère. Parfois, seul sur les sentiers avec cette femme, je sentais que j'aurais pu me battre contre elle sans risque de me blesser. Elle m'aurait même consolé de vouloir la tuer ! C'est à force de l'observer que j'ai compris pourquoi elle avait plaidé ma cause après nos échanges épiques chez Sonerco. J'étais le blessé, son blessé : elle sentait ces choses sans pouvoir les nommer, peut-être parce qu'elle avait beaucoup souffert en exil. Je me souvenais encore du téléphone de Rachel le lendemain de ce fameux déjeuner :

— Rendez-vous demain à mon bureau à neuf heures. Assez de temps perdu pour des balivernes.

Décontenancé par ce non-congédiement, j'avais aussitôt répliqué :

— Et Jeanne est d'accord ?

— C'est elle qui a insisté pour que tu restes, à cause de ton sang-froid, a-t-elle précisé. J'espère qu'on ne fait·pas erreur : la Clinique a bonne réputation.

— Aucun danger pour le travail… Et toi, tu veux que je reste ?

Rachel avait raccroché sans répondre. Que devais-je comprendre ? Je savais pourtant qu'elle et Jeanne avaient créé une complicité particulière qui allait au delà de l'amitié. Jeanne avait besoin de Rachel pour se réhabiliter émotivement. Sa fragilité dépassait l'entendement. Quant à Rachel, depuis qu'elle avait laissé Marie-Jo, elle profitait de Jeanne pour faire l'amour avec une femme sans devoir s'engager. Je soupçonnais d'ailleurs Rachel de multiplier les amantes et les amants, mais de demeurer discrète à ce sujet pour ne pas blesser Jeanne et se garder hors d'atteinte de moi.

— Charles, c'est ici !

J'ai freiné sec, stoppant à la fois l'auto et mes réflexions. Jeanne a pris son sac, puis ses skis. Elle s'est penchée vers moi, encore assis au volant. Je n'osais bouger de peur de frapper de nouveau son mur de silence. C'est elle qui a parlé :

— Il y a deux chambres fermées au petit chalet du Faucon.

— C'est une invitation ?

— Oui. Je connais l'endroit. Si tu veux, je pourrais te raconter mon histoire, ça te délivrerait d'un passé trop dur pour toi.

Je suis resté estomaqué quelques instants, complètement déjoué par cette adversaire. Contrairement à ce qu'elle me proposait, je ne voulais surtout pas faire la paix : je voulais qu'elle paie pour tout le mal qu'elle nous avait infligé à Francis et à moi. Ne pouvant me contenir, je suis sorti de l'auto et, m'adossant à la portière, du haut de ma stature d'homme, je lui ai lancé :

— Tu ne sauras rien de ton fils tant que je vivrai.

— Tu es si différent de lui.

— Qu'en sais-tu ?

— Je retrouve des mimiques, un air de famille…

— De famille... Celle que tu as brisée ?

— Tu es dur comme la neige du glacier...

Des larmes montaient en moi, j'étais touché par ses paroles de mère prête à attendre une éternité pour revoir son fils au moment opportun. Je sentais cela, ce qui aurait étonné Francis, lui qui me considérait comme aussi imperméable que le roc des grandes falaises. Je suis remonté dans la voiture et j'ai démarré en trombe, accentuant du même coup ma fureur de m'être laissé attendrir par cette femme qui tentait de m'extraire ma vie avec Francis, elle qui m'avait déjà tout fait perdre, jusqu'à mon identité désormais teintée des gestes des Romanans.

En arrivant au gîte du Mont-Albert, j'ai téléphoné à Rachel, que je devais rencontrer à Québec le lendemain matin avec mon directeur de recherche. Je lui ai raconté notre aventure, lui ai fait part de notre rendez-vous avec les gens du parc et lui ai demandé carte blanche à ce sujet. Comme la Clinique voulait devenir chef de file au Québec dans l'aménagement spécialisé en milieu naturel, l'occasion d'établir une collaboration étroite avec le parc de la Gaspésie s'avérait prometteuse. L'enjeu, Rachel l'avait immédiatement perçu !

— J'arrive, m'a-t-elle lancé, enthousiasmée par cette occasion presque inespérée.

— Tu ne me fais pas confiance ?

— Je serai à Rimouski, au bar du Nouveau Cap, vers vingt-deux heures : nous en discuterons tous les trois.

— Tous les deux. Jeanne s'est éclipsée sous les étoiles !

Rachel connaissait Jeanne, cette exploratrice dans l'âme, héritière du goût des aventures en territoire inexploré. Elle savait aussi qu'elle serait à l'heure à la rencontre du lendemain, même si elle détestait toute forme de réunion. Pour elle, la sécurité, c'était plutôt une affaire de vie ou de mort. De mon côté, je profitais des installations modernes des lieux : j'avais tellement vécu en hôtel avec l'équipe de ski de Suisse que je m'y sentais plus à l'aise que chez moi.

En roulant vers Rimouski, je me suis rendu compte que l'opération de sauvetage, dans la journée, m'avait vraiment épuisé : pourquoi n'avais-je pas pensé de dire à Rachel de me rejoindre au gîte du Mont-Albert... Trop tard ! Pourquoi refusait-elle d'acheter des cellulaires pour la Clinique ? Parfois, Rachel m'enrageait. Si cette entreprise avait été à moi, j'aurais effectué quelques changements dans la gestion du personnel et des opérations. Mais je n'étais que stagiaire et, malgré mon quart de siècle, encore trop jeune pour diriger un tel établissement, toujours selon Madame la Directrice ! Quand je suis arrivé au bar du Nouveau Cap à l'heure pile, Rachel avait de la chance d'être en retard : j'aurais démissionné sur-le-champ, au moment où ma coéquipière, Jeanne, venait encore de prendre le large. J'en avais tout à coup assez de travailler avec ces deux complices. Au diable les vierges offensées ! Elles font l'amour entre femmes... qu'elles gèrent leurs affaires de la même manière... Au lieu d'arrêter le moteur, j'ai reculé sans réfléchir ni regarder, et j'ai failli entrer dans la Volvo de Rachel qui arrivait en catastrophe.

— Toujours aussi impatient, Charles Patenaude ! m'a-t-elle lancé en riant, pas le moins du monde offusquée par mon faux départ. Je te conseille de rester, j'ai de bonnes nouvelles...

— Pour qui ? Pour la Clinique, pour Jeanne ou pour toi ?

Fallait-il que je m'attende à une réponse ? Par réflexe, dans une conversation avec Rachel ou Jeanne, je posais toujours la première question qui me traversait l'esprit, certain de parler pour ne rien dire, comme d'habitude. J'ai donc été fort surpris d'entendre Rachel m'annoncer dans un grand éclat de rire :

— Mais pour toi et moi, mon cher Charles ! Pour nous deux !

Surpris, je n'ai rien ajouté. Alors elle a lancé :

— Viens, je t'offre une rousse, comme tu les aimes.

Alors là, j'ai retrouvé mes esprits, du moins assez pour répliquer :

— Je préfère les brunes...

— Alors suis-moi. Tu pourras la boire jusqu'à la lie !

— Ça promet !

Dans le bar, la fumée réduisait les distances entre les gens, formant des volutes remplies de pictogrammes réservés aux amoureux. Sans préambule, Rachel m'a entraîné sur la piste de danse : on y jouait une vieille chanson de Shawn Phillips. Je me suis abandonné, désarçonné. Ses cheveux effleuraient mes joues mal rasées, qui retenaient ses mèches brunes prisonnières. J'ai ouvert mon veston de laine et j'ai senti ses seins sur ma poitrine juste avant le crescendo de la fin.

— Viens, Charles, je vais tout t'expliquer...

— Excellente initiative !

J'avais effectivement besoin de comprendre, même si j'acceptais volontiers de me rapprocher physiquement de Rachel, cette très belle femme qui m'excitait ce soir-là comme jamais. Elle avait laissé tomber ses réserves avec moi si brusquement que je demeurais sur mes gardes. C'était la première fois en cinq mois qu'elle me faisait des avances aussi claires : je ne refuserais certes pas cette occasion de la combler !

Comme la musique reprenait de plus belle, nous nous sommes légèrement retirés derrière les vitraux qui encadraient les danseurs. J'ai commandé deux bières importées, assoiffé par cette soirée imprévue. C'est alors que Rachel m'a fixé droit dans les yeux :

— Charles, sais-tu que j'ai confiance en toi ?

Bon, me suis-je dit, au lieu de devenir l'amant, elle va m'attribuer le rôle de confident! Je lui ai répondu en lui prenant la main droite:

— Lève ta main, dis «Je le jure» et je te croirai...

— Réponds-moi sérieusement: veux-tu devenir directeur adjoint de la Clinique?

— Directeur adjoint?

— Tu as très bien entendu!

J'ai entraîné Rachel dans une danse folle: directeur adjoint, moi, le stagiaire! Jeanne le savait-elle? Du coup, j'ai retrouvé toute mon énergie. Bien sûr que j'acceptais! Quelle bonne nouvelle... J'ai pris Rachel par les hanches et je l'ai fait tourner, valser, tanguer, osciller, tomber dans mes bras jusqu'à ce qu'arrive un slow que j'attendais impatiemment. Puis la voix de Rachel a succédé à la musique:

— Alors, cher adjoint?

— Alors, filons! Demain, il faut que le parc de la Gaspésie nous donne le contrat d'aménagement des sites d'évacuation de tout leur territoire. Ce serait une porte d'entrée stratégique.

— Bon plan, Charles! Et nous filons où à cette heure-ci?

— Au gîte du Mont-Albert, nos chambres nous attendent.

— Je connais un meilleur endroit, retiré, chaleureux, tout neuf...

— Le petit chalet du Faucon?

— Comment le sais-tu?

C'était justement à mon tour de ne pas répondre à la question de Rachel! Douce revanche... Jeanne m'avait donné une arme qui allait se retourner contre elle. Deux chambres, avait-elle précisé, et elle en occupait une. Restait l'autre pour Rachel et moi.

— Je prends le volant, Rachel, tu as assez conduit!

Tendu à l'extrême en m'imaginant la réaction de Jeanne, heureux d'obtenir cet emploi, étonné par les avances de Rachel, je préférais me concentrer sur la route, laissant à ma séduisante directrice l'initiative de la conversation et des caresses qui, juste à y penser, gonflaient mon sexe de désir. Je sentais son corps fébrile aux frontières du mien, imaginant sa peau striée de frissons. En sens inverse, un camion de bois m'a ramené à une conduite moins risquée.

— Tu veux savoir pourquoi j'ai créé ce poste d'adjoint ?

— Oui, d'autant plus que j'ai envie de m'installer dans les Cantons-de-l'Est pour un certain temps.

Rachel m'a alors raconté que, quand elle avait rencontré mon directeur de recherche à l'Université Laval, tous deux avaient voulu m'offrir un job et, en personnes intelligentes et créatives, ils s'étaient entendus pour que je devienne directeur adjoint de la Clinique, volet recherche et développement, à la condition que j'accepte de poursuivre mes études doctorales. Je pourrais concilier ces deux tâches dans la mesure où mes dossiers seraient sensiblement les mêmes. De plus, j'obtenais une bourse pour mes excellents résultats académiques. En moins d'un an, j'avais réussi un tour de force qui, cette nuit-là, allait connaître son apogée.

Rachel me précédait sur la route de neige durcie vers le petit chalet du Faucon. Nous marchions dans les traces de ski de Jeanne, ce qu'ignorait Rachel. Les traces avaient eu le temps de durcir.

— Nous serons seuls au chalet, il n'y a pas de voiture dans le stationnement.

— Tant mieux, ai-je répondu, la suivant d'assez près pour qu'elle sente mon souffle dans son cou.

La noirceur totale nous rapprochait l'un de l'autre, nous plongeant dans une ambiance de création du monde. Paradoxalement, au lieu de m'abandonner à mon désir pour Rachel, j'imaginais Jeanne dans son lit, écoutant à tra-vers les minces cloisons de nos chambres les ébats du couple qui la perturbait à une heure déraisonnable. Puis, sans transition, je voyais son visage impassible quand, le lendemain matin, elle croiserait Rachel au sortir de la salle de bains, sans savoir que c'était moi, Charles Patenaude, le jumeau par défaut de son fils Francis, qui lui avait enlevé son amante, son unique trait d'union vers la Suisse. Plaisir ultime, je pourrais plus tard fixer dans ma mémoire l'image d'une femme courbée poussant à l'aéroport un chariot à bagages presque vide vers son terminus, le Yukon. Je pourrais ensuite téléphoner à Francis pour l'inviter à passer quelques mois à Magog, et je lui céderais de bonne guerre Rachel, notre amante d'un soir !

RACHEL

Intercalaire 3

*A*u loin, un enfant blond court se jeter dans les bras d'un homme qui l'attrape, le soulève et tourne avec lui. Son rire descend en cascade jusqu'à mon ventre qui veut éclater. Je voudrais me cacher dans les bras de la nuit, devenir aussi ronde que Marie-Jo.

Je scrute la mer qui se forme, que le vent soulève, qui respire en mouvements saccadés. Les vagues déferlent au large, se brisent sur le sable et se retirent aussitôt. Je ferme les yeux. Je deviens ce roc immuable qui reçoit les giclées d'eau que le soleil transforme en prismes de lumière. Et toujours cet aller retour de la mer qui me frappe, m'enlève, me soulève ; et toujours ce retrait de la mer qui m'aspire, laissant pénétrer le soleil entre deux vagues, entre deux eaux. Le bruit de l'écume qui roule devient infernal à force de se répéter, de s'amplifier. Des algues, des coquillages et des jouets d'enfants s'échappent de son sein, s'échouent sur le sable blond. Le sel gruge mes os ; le soleil brûle ma peau. Je lance un cri rauque, défiant les vents, les sirènes et les goélands avant de choir dans les bras de la mer. Son ventre qui se gonfle à marée montante me berce et me caresse. Je m'étire dans cet espace liquide d'où renaissent mes désirs d'enfantement. Je saisis la pelle et le seau jetés là, au bout de mes doigts. Je vais construire une forteresse pour toi, Marie-Jo.

D'aussi loin que je me souvienne, j'ai traversé des villes et côtoyé des gens à la manière d'un coup de vent, violent mais éphémère.

L'enfant blond me fixe droit dans les yeux, comme s'il voulait s'installer dans ma forteresse. Je lui souris. Il saisit une pelle pour arrondir les murs, ajouter des ponts, tailler des portes. L'homme veille au grain. Je tapisse le sol des débris qui parsèment ma vie de nomade, ma vie d'errance.

Chaque vague ramène avec elle le va-et-vient de mes amours plurielles, marquées par l'absence de l'enfant, de Marie-Jo. Mon ventre vide, gonflé jusqu'au pubis, n'expulse plus que de l'air, l'air du temps.

IV

CÉLYNE

L'éternité à vélo

L e mercredi 20 septembre
Rachel Sauvé a défait ses bagages chez moi hier soir. Je ne l'avais pas revue depuis dix ans, depuis notre rupture. J'avais coupé les ponts, incapable de rester en contact avec cette femme que j'aimais trop, à qui j'aurais donné ma vie ! C'est d'ailleurs la seule personne dont j'ai été amoureuse. Cela a duré deux mois, l'été de mes dix-neuf ans.

Je me souviens de cette période où tout a été chambardé dans ma vie de jeune adulte. Mes parents m'ont mise à la porte en apprenant que moi, Célyne Pinard, leur fille unique, j'étais lesbienne. J'ai donc quitté Drummondville et loué le logement que j'habite ici, à Valcourt, avec ma chatte Virgule, dans la maison d'un vieux couple. J'ai été engagée chez Bombardier comme programmeuse-analyste. Cinq ans plus tard, j'ai été mise à pied, puis réembauchée comme technicienne en documentation. Je travaille toujours seule au Centre de recherche. J'ai de l'ordre et mes patrons n'ont rien à me reprocher.

En faisant mes provisions chez Métro, comme tous les vendredis soir, j'ai vu Rachel en compagnie d'un gars à l'allure de gitan. Je n'ai pas osé lui parler. C'est elle qui, en sortant d'une allée, m'a reconnue. Elle m'a présenté Charles Patenaude, un collègue de travail. Ils avaient visité le Musée J.-A.-Bombardier durant l'après-midi et partaient en randonnée pédestre dans la région. Rachel m'a demandé mon adresse : elle voulait absolument me voir le lundi suivant, en fin de journée. Je l'ai attendue en me remémorant notre première rencontre, au camping Normand. J'étais partie seule à vélo découvrir les Cantons-de-l'Est, elle aussi ; nous avions décidé de rouler ensemble durant une semaine et, attirées l'une vers l'autre, nous nous étions initiées mutuellement aux relations entre femmes.

Au début de la semaine, Rachel est donc arrivée chez moi vers dix-neuf heures. Elle m'a raconté sa vie, version abrégée : sa rupture avec Marie-Jo Fournier un an auparavant à la fête du Travail ; sa rencontre avec Jeanne Belleville peu de temps après et leur rupture au printemps dernier, et enfin, sa rencontre avec Charles Patenaude, aussi à l'automne, et leur rupture prévue d'ici Noël. Elle s'est échappée quand elle m'a parlé d'un professeur de l'Université Laval, un certain Simon, puisqu'elle a évité le sujet systématiquement par la suite. Bref, elle voulait que je l'héberge pour une dizaine de jours, question de permettre à Marie-Jo, qui était revenue au chalet pour rédiger son mémoire de maîtrise, de se trouver une résidence permanente à Magog. La cohabitation à plein temps était devenue impossible : Rachel avait besoin d'espace, elle étouffait. Elle ne voulait pas non plus séjourner chez Charles pour éviter de lui donner de faux espoirs. Et encore moins chez Jeanne, à la maison de campagne. J'étais donc la seule personne au monde qui pouvait la dépanner, en souvenir bien sûr de notre premier amour !

Hier soir, Rachel s'est installée dans ma salle de séjour, entre les rayons de livres et de disques. Elle a ensuite ouvert une bouteille de vin blanc pour arroser nos retrouvailles. « Tu n'as pas changé, m'a-t-elle dit, tu ressembles encore à une cégépienne avec ton jean, ton t-shirt, ta chemise usée et ta gomme à mâcher ! » Est-ce par respect qu'elle n'a pas ajouté : « Et ton corps rond, tes yeux ridés et tes dents de lapin ? » En me prenant dans ses bras dans un élan d'enthousiasme, elle m'a promis une dizaine de jours effervescents : soupers gastronomiques, spectacles, sorties en plein air, massages et nuits d'amour. Comme mes blessures étaient cicatrisées, du moins je le croyais, je me suis laissé séduire par cet ouragan qui traversait ma vie pour la deuxième fois. Et ma chatte Virgule, pourtant sauvage, a déserté mes genoux pour se blottir sur ceux de Rachel. Nous nous sommes couchées dans ma chambre, et nous avons dormi deux ou trois heures, entrecoupées de caresses et de baisers.

Si tu savais, Rachel, comme ton entrée soudaine dans ma vie m'a troublée. Depuis notre rupture, j'avais retrouvé un équilibre précaire en m'isolant dans ce village, entre mon travail et mon logement. Personne ne me connaît vraiment ici. J'ai toujours été solitaire. La lecture, la musique et le vélo me suffisaient pour alimenter mon quotidien.

La fin de semaine dernière, en t'attendant, j'ai été frappée de plein fouet par toutes les émotions que j'avais tenté de chasser de ma mémoire. Ça n'a pas été facile de t'oublier, de te ranger dans mon subconscient. Je rêvais souvent à toi, je sentais tes mains douces emprisonner mon corps avide de tendresse. Pour me protéger, j'évitais tout contact avec les gens. Aussitôt que quelqu'un me frôlait par inadvertance, je le regardais avec des yeux de meurtrière. Quelque chose en moi s'était déréglé quand tu m'avais quittée sans raison. Tu m'as tuée : je ne suis plus capable d'aimer, et encore moins d'être aimée. J'aurais dû, me dirais-tu, consulter un psychologue pour évacuer cette relation, mais j'ai préféré te garder vivante en moi, même si ton image me traquait, hantait mes nuits. Tu as été la seule personne à qui j'ai ouvert ma porte, avant de m'enfermer à double tour dans mon silence.

Malgré tout, je croyais réellement avoir cicatrisé mes blessures. Quand tu es venue me rejoindre dans mon lit, je n'ai pu te résister. Tes mains si chaudes sur ma peau durcie par le froid et la solitude m'ont fait flancher. Je n'ai pas eu la force de te repousser, de t'ordonner de retourner sur ton futon, de me laisser dormir en paix. Tes baisers sur mes seins gonflés par une gestation de dix ans ont réveillé tous mes désirs contenus. Et ma détresse. Si tu m'abandonnais de nouveau, je ne saurais répondre de mes actes. Je t'aime, Rachel, et je ne peux plus m'enfermer dans cet univers clos où tout expire sans toi.

Le jeudi 21 septembre

J'attendais Rachel depuis une heure, hier soir, tentant de garder au chaud le riz, les brocolis et le gigot d'agneau. J'étais végétarienne mais, comme je savais que mon invitée aimait la viande, je n'avais pas hésité à modifier mon menu. Elle travaillait si fort à la Clinique qu'elle méritait bien cette attention à la maison. Nous avions décidé de souper chez moi, vers dix-neuf heures, dès son retour du travail.

J'entendais des pas dans l'escalier : peu m'importait que Rachel arrive avec une heure trente de retard ; ce qui comptait, c'est qu'elle soit bien accueillie, qu'elle n'ait plus envie de repartir. J'ai allumé les chandelles, question de créer une atmosphère d'intimité en ce milieu de semaine. Elle est entrée en s'exclamant : « Tu t'es lancée dans la gastronomie… Ça tombe bien, j'ai une surprise pour toi ! » J'ai instantanément oublié les prouesses culinaires que j'avais dû faire pour combler son retard. J'anticipais avec joie cette surprise pour moi seule ou, mieux encore, pour nous deux. Elle a enchaîné : « J'ai pris l'apéro avec Charles à Magog et, comme il était seul ce soir, je l'ai invité. Es-tu contente ? » Je lui ai fait signe que oui, m'évadant aussitôt à la cuisine. J'ai rapporté un couvert pour l'ami de Rachel. Notre tête-à-tête avortait, emportant avec lui mes gestes d'amoureuse.

Charles nous a rejointes dix minutes plus tard. Il m'a offert des fleurs achetées au dépanneur du coin. J'ai apprécié sa délicatesse. Je me demandais pourquoi Rachel prévoyait rompre avec un homme si attentionné. Nous sommes passés à table : j'étais assise au bout, laissant Rachel et Charles s'installer face à face. C'était plus pratique pour le service. Nous étions donc trois et, pourtant, un seul sujet de conversation captivait Rachel : la Clinique. J'ai tenté à maintes reprises de parler d'autres choses, mais elle m'a accusée de faire du coq-à-l'âne. J'ai donc décidé de me taire en caressant Virgule qui s'était blottie sur mes genoux. Quand ils ont parlé des blessures sportives reliées à la pratique du vélo, j'ai pris part à la conversation mais je ne devais pas tenir le même discours qu'eux puisqu'ils ponctuaient leurs phrases de « Oui, mais... » ou de « As-tu encore un peu de café ? », me confinant à mon rôle d'hôtesse. Rachel discutait avec Charles comme s'ils étaient seuls à la table. Ils ont pris un digestif au salon pendant que j'ai fait la vaisselle. Ils m'ont proposé de s'en charger, mais je leur ai dit qu'ils ne connaissaient pas mes habitudes. Ils n'ont pas insisté. Vers onze heures, Rachel est allée reconduire Charles à son auto, juste en bas. Elle est revenue une demi-heure plus tard en m'avouant : « Il y a des soirs où je n'ai plus envie de rompre avec lui. » Quand je lui ai demandé si elle l'aimait encore, elle m'a répondu, l'air songeur : « Peut-être... et toi, comment le trouves-tu ? » J'ai répliqué, exaspérée : « Tu sais bien que je ne suis pas attirée par les hommes ! » Rachel m'a tourné le dos et s'est enfermée dans la salle de bains. Je me suis étendue dans le salon et j'ai ouvert au hasard une page de *Fragments d'un discours amoureux* de Barthes. Je suis tombée sur le thème « suicide » : « Dans le champ amoureux, l'envie de suicide est fréquente : un rien la provoque. » J'ai changé de livre.

Vers minuit, Rachel est sortie de la douche, enroulée dans ma robe de chambre en ratine rayée. Elle a apporté sa mallette dans la salle de séjour. Confortablement installée sur le futon, elle a parcouru un document de travail. Une demi-heure plus tard, elle m'a crié sans se lever : « Bonne nuit, Célyne, et merci pour le souper ! » Je n'ai pas réussi à dormir cette nuit-là.

Si tu savais, Rachel, comme j'avais envie de souper avec toi et toi seule. Tu m'avais promis mer et monde durant dix jours et mercredi, déjà, tu t'attardais en chemin comme si tu avais perdu la mémoire. J'ai erré dans l'appartement en comptant les minutes qui me séparaient de toi, de notre tête-à-tête d'amoureuses. J'avais tant de choses à te dire, tant de douceur à partager.

Pourquoi, Rachel, as-tu invité Charles ? Il est venu troubler la fête qui aurait pu effacer nos dix ans de séparation. Non seulement tu lui as ouvert ma porte mais tu t'es rivée à ses lèvres comme si lui seul t'intéressait. Tu ne m'écoutais pas : tu le regardais. Pire que cela, tu agissais avec lui comme si je n'existais pas. Vous étiez deux à ce souper dont j'étais l'hôtesse, la cuisinière et la serveuse. Devrais-je quémander ta présence ou me livrer à un combat pour mériter un peu de considération de ta part ?

Il y a si longtemps que j'espérais que tu franchisses le seuil de ma maison que je te garderai ici malgré toi. Tes bagages sont encore chez moi : n'essaie pas de les reprendre, ce serait risqué. Tu m'as tourné le dos une fois : j'ai abdiqué en me jurant que ce serait la dernière. Depuis ce temps-là, personne n'a jamais pu entrer dans ma vie, encore moins dans mon lit. Je t'attendais. Je pressentais que, tôt ou tard, tu m'appellerais. Notre relation amoureuse ne pouvait s'éteindre sans qu'on y mette un point final de part et d'autre. Toi seule avais parlé, il y a dix ans.

Hier soir, je me suis sentie de nouveau rejetée. Je ne pouvais dormir en sachant que tu rêvais dans la pièce d'à côté. Je t'entendais gémir dans ton sommeil et je n'avais qu'une envie, te serrer fort pour que tu te calmes au contact de mon corps, que tu boives à mes seins. Désormais, tous les Charles du monde devront franchir le mur que j'érigerai pour te séduire. Tu les repousseras tous, Rachel, captive de mon amour exclusif. Je te serai fidèle par-delà la mort.

Le vendredi 22 septembre

Hier, j'avais donné rendez-vous à Rachel à La Grosse Pomme à Magog vers dix-huit heures. Nous avions décidé de prendre une bouchée avant d'aller lui acheter un vélo chez Ski-vélo Vincent Renaud. C'est moi qui lui offrais ce cadeau parce que nous avions prévu partir samedi et dimanche en vélo-camping sur les routes de l'Estrie pour commémorer notre première rencontre. J'y tenais beaucoup.

Quand je lui ai parlé de ce cadeau, elle a hésité. Elle trouvait que ça n'avait pas de sens, que ça coûtait trop cher et que, de toute façon, elle ne pédalait plus beaucoup depuis qu'elle faisait de la planche à voile avec Jeanne. J'ai répondu que j'avais gagné cinq cents dollars à la loto, que mes revenus étaient nettement supérieurs à mes dépenses et qu'elle devait apprendre à recevoir sans toujours vouloir rendre la monnaie de la pièce. J'ai tellement insisté qu'elle a cédé. Durant la journée, j'ai appelé chez Ski-vélo Vincent Renaud : leurs soldes de fin de saison débutaient le jour même. Il leur restait quelques vélos hybrides et des sacoches. Ça ne pouvait tomber mieux.

À l'heure du midi, je suis allée à la caisse populaire : j'ai vérifié si je pouvais me servir de ma marge de crédit. Mon dernier voyage en Hollande était venu à bout de mes économies. Peu m'importait la précarité de ma situation financière, j'avais un emploi permanent et j'étais capable de faire mes paiements.

De retour au Centre de recherche, mon patron m'attendait. Il mettait rarement les pieds dans mon bureau. Il savait que j'étais autonome et honnête : il n'avait pas besoin de contrôler la qualité de mon travail. J'étais donc étonnée de le trouver là. « Je ne passerai pas par quatre chemins, m'a-t-il dit. Bombardier a soumissionné à des appels d'offre et devrait bientôt signer des contrats importants mais, comme les ententes tardent à être signées, nous devons rationaliser nos dépenses. En clair, cela veut dire que nous fermons certains secteurs, dont le Centre de recherche, pour une période indéterminée. Nous avons préparé votre formulaire de cessation d'emploi. Vous n'aurez qu'à passer le prendre demain au service de la paie. » Malgré cette mauvaise nouvelle, je n'ai pas remis en question l'achat du vélo de Rachel.

Je me suis rendue à La Grosse Pomme à l'heure prévue. Rachel n'y était pas. Au bout d'une demi-heure, la serveuse cherchait une Célyne dans la salle à manger. « C'est moi », lui ai-je répondu. « Vous êtes demandée au téléphone. » C'était Rachel, évidemment, qui s'excusait de ne pouvoir souper avec moi. Elle devait faire face à une urgence à la Clinique. Elle ne savait pas à quelle heure elle pourrait se libérer, mais elle me donnait carte blanche pour choisir son vélo. Par contre, elle me promettait de rentrer à la maison et de s'occuper de moi pour se racheter !

J'ai lu une dizaine de pages de mon livre en grignotant une quiche aux épinards. J'avais du mal à me concentrer : l'absence de Rachel, le vélo acheté avec ma marge de crédit et ma mise à pied temporaire tourbillonnaient dans ma tête. J'ai réglé l'addition et je me suis rendue chez Ski-vélo

Vincent Renaud. Une heure plus tard, je prenais la route avec un vélo sur le toit et des sacoches dans le coffre. J'avais acheté un vélo en montre, donc à bon prix.

De retour à la maison, j'avais un message sur mon répondeur, ce qui était rare. J'ai hésité avant d'écouter Rachel m'annoncer : « Mille excuses, Célyne, je suis retenue ce soir. Je passerai chez toi me changer demain matin. J'apporterai du jus d'orange et des croissants. Tu pourrais en profiter pour finir ton livre... Je t'embrasse ! » J'ai pris Virgule dans mes bras : elle s'est échappée.

Si tu savais, Rachel, comme tes désistements me font mal. Pourtant, le vélo que je t'ai offert rappelle notre première relation. Sans moi, il n'y aurait pas eu Marie-Jo, Jeanne et combien d'autres. Lorsque nous avons emprunté des chemins parallèles en amour, tu étais si troublée que j'ai dû te rassurer, m'occuper de toi comme d'une enfant prise en faute. Et pourtant, nous étions si bien dans les bras l'une de l'autre. La douceur de nos gestes et de nos baisers me donne encore des frissons. Je te désire, Rachel. Pourquoi te défiles-tu maintenant que nous avons la maturité nécessaire pour tout assumer ?

Tu m'as donné de faux espoirs, des rendez-vous fictifs. J'en ai assez d'être celle qui attend, qui espère et qui meurt à chaque déception. Tu me transformes en victime un peu plus chaque jour. Tes rejets répétés lacèrent ma peau de cicatrices que rien ne pourra guérir. Je t'ai ouvert ma maison et mon lit pour te conquérir une seconde fois mais je commence à ne plus y croire. Tu as troublé ma vie : tu lui as retiré son sens.

Je m'étais réfugiée chez Bombardier lorsque tu m'as quittée, il y a dix ans. Mon travail n'a jamais comblé le vide que ton départ a créé. Aujourd'hui, je te retrouve et je suis mise à pied. C'est absurde. Ma condition de chômeuse n'a rien de comparable avec ta demi-présence. Mon espoir s'amincit : je vois un tunnel dans lequel tu fuis et où je n'arrive pas à te rattraper.

Je t'en supplie, Rachel, retourne-toi et aide-moi à sortir de l'impasse. Plus rien, excepté toi, n'a d'importance maintenant. Si au moins tu acceptais de passer une autre soirée avec moi, une seule, je reprendrais goût à la vie. Vas-tu enfin comprendre que j'ai besoin de tes caresses, de ton regard, de tes gestes de femme ?

Le samedi 23 septembre

Hier matin, comme prévu, Rachel a apporté à la maison du jus d'orange et des croissants. En servant le café au lait, elle a glissé une enveloppe dans ma soucoupe : deux billets pour le spectacle de Marie Carmen au Palace de Granby le soir même. Je ne m'attendais pas à cela du tout. « Ça ne vaut pas un vélo, a-t-elle avoué, mais comme je sais que tu adores la musique, j'ai cru que ça te ferait plaisir. » Quand elle m'a demandé avec qui j'aimerais y aller, je n'ai pas hésité à l'inviter !

Durant l'après-midi, j'ai vidé mon bureau et je suis allée chercher mon formulaire de cessation d'emploi. J'avais la tête ailleurs, le cœur à la fête : je ne pensais qu'à Marie Carmen. C'était la première fois que j'allais à un spectacle... Incroyable pour une fille qui adore la musique ! En rentrant à la maison, j'ai mis sens dessus dessous mes tiroirs et ma garde-robe pour trouver une tenue de soirée. Je savais que Rachel aurait fière allure avec ses vêtements griffés. Qu'allais-je porter ?

Pendant que je paradais devant mon miroir avec plus ou moins de succès, le téléphone a sonné. J'ai aussitôt pensé que Rachel se décommandait, qu'elle ne venait plus au spectacle. J'ai fait erreur : c'était ma mère qui m'annonçait que mon père et elle vendaient la maison familiale. Elle voulait que je ramasse mes effets personnels dimanche soir, pendant qu'ils souperaient chez des amis. La clé serait sous le tapis. Ma mère brisait le silence pour la troisième fois : elle m'avait signalé la mort de mon grand-père après l'enterrement pour être certaine que je n'y aille pas, et la crise cardiaque de mon père qu'il valait mieux que je ne voie pas à cause du choc que ça aurait pu lui causer ; maintenant, leur déménagement dans le condo qu'ils venaient d'acheter. En raccrochant, j'ai déterré mon album de famille, rangé dans le tiroir de ma table de nuit : j'ai déchiré une à une les photos de mon enfance et, dans un excès de rage, j'ai lancé tous mes vêtements par terre. S'envolaient du même coup ma famille et mon travail. Ne me restait plus que mon ex-amoureuse.

Rachel est arrivée à la maison vers dix-neuf heures trente, carnet de téléphone en main. Elle m'a regardée : « Tu ne vas pas sortir habillée comme ça... Tu pourrais au moins enlever ta vieille chemise, pour une fois ! » Je me suis enfermée dans ma chambre. Entre deux appels, Rachel m'a signalé : « Nous partons dans dix minutes. Je te prête ma veste bleu marine, elle est dans l'entrée. » J'ai essuyé mes larmes et enfilé sa veste imbibée de son parfum. Cette odeur m'a réconfortée. J'étais enfin prête.

Nous étions assises dans les rangées réservées aux journalistes. C'était un client de la Clinique qui avait offert les billets à Rachel. Tous les spectateurs se sont levés pour accueillir Marie Carmen, cette jeune femme habillée de noir. Elle avait du charisme. « Le décor de scène est superbe », me suis-je exclamée. Rachel a répliqué à voix haute en se tournant vers moi : « J'espère que tu ne vas pas commenter tout le spectacle ! » Je me suis enfoncée dans mon siège, essayant de disparaître. À l'entracte, Rachel a salué un journaliste qu'elle connaissait, avant d'aller aux toilettes. Je suis restée dans la salle. Lorsque Marie Carmen a chanté *Entre l'ombre et la lumière*, Rachel m'a soufflé à l'oreille : « C'est ma chanson préférée. Et toi ? » « J'aime mieux son interprétation de *L'aigle noir* de Barbara. » Elle a répliqué : « Toi, on sait bien, tu rêves d'être enlevée par un aigle noir… Tu ne vis pas sur terre. » D'instinct, je me suis enfermée dans le silence, mon refuge, jusqu'à la fin du spectacle.

Si tu savais, Rachel, comme j'aimerais effectivement être enlevée par un aigle noir, qu'il m'arrache à ces gens qui verrouillent leurs portes à un rythme effarant. Je deviens chaque jour un peu plus seule, coupée de mon gagne-pain, sevrée des bras de ma mère, puis des tiens.

J'entrevois le ciel à chaque battement d'ailes de l'Aigle noir. Il viendra me chercher, je le sais. J'ai senti « son bec effleurer ma joue » et ses auréoles de lumière blanche m'entourer, me signifier qu'il sera au rendez-vous, qu'il m'emportera loin des culs-de-sac qui anéantissent mes rêves ici-bas. J'attends un signe du destin pour saisir l'appel de ce rapace aux plumes lustrées par l'éclat du soleil. Je suis désillusionnée. Je partirai bientôt vers un monde différent où se battre n'est plus une nécessité. Où les vestes ne sont plus nécessaires !

Autrefois, ma mère me berçait des heures et des heures dans la cuisine à la lueur d'une bougie. Avant de m'éteindre, je vais lui rappeler ces moments où elle me considérait encore comme une enfant issue de sa chair. Et lui écrire le mot d'adieu que je ne lui ai jamais adressé. Il sera signé de mon sang, le sang de l'alliance éphémère et mortelle.

Le souffle de l'Aigle noir m'atteint déjà. Ses ailes devraient battre la mesure de mes joies d'enfant mais elles me donnent le vertige. Je sais que j'interprète mal la chanson de Barbara, que je greffe ses paroles sur ma détresse. Je ne suis pas encore prête à te quitter, Rachel. Suis-je si méprisable, moi qui t'aime ? Devrais-je vraiment disparaître pour que tu me cherches dans l'ombre de tes nuits ? Tu n'aurais pourtant qu'un seul geste à faire et je resterais en vie. Prends-moi dans tes bras, enlève-moi comme il y a dix ans… Déjouons ensemble l'Aigle noir !

Le dimanche 24 septembre

Hier, vers midi, nous avons enfourché nos vélos pour nous rendre au pont suspendu du ruisseau Élie, au lac Larouche. Nos sacoches remplies de matériel de camping, de vêtements et de nourriture nous rappelaient bien des souvenirs heureux! Rachel m'avait même acheté une casquette mauve qui ressemblait à celle que je portais à notre première rencontre. Le soleil d'automne réchauffait nos muscles à mesure que nous avalions les kilomètres en bordure des champs et des forêts. Notre escapade de vingt-quatre heures s'amorçait mieux que je ne l'aurais souhaité!

Vers quinze heures, nous avons garé nos vélos près des cascades du ruisseau Élie. Comme moi, Rachel a enlevé sa camisole et son short puis nous nous sommes baignées nues à travers la mousse agrippée aux roches plates. L'eau froide giclait sur nos épaules secouées par ce vigoureux massage. Quand j'ai voulu embrasser Rachel à travers les rayons du soleil filtrés par les arbres, elle a plongé, m'entraînant avec elle au fond du bassin. Elle s'est défilée, plus rapide qu'un poisson. Puis elle s'est enroulée dans sa serviette. J'étais encore au milieu du ruisseau lorsqu'elle m'a crié d'un ton sec interdisant la réplique : « Vas-tu enfin comprendre que je ne t'aime plus ? » J'ai plongé de nouveau dans l'eau, les larmes aux yeux. C'était la première fois que Rachel me disait, en termes si clairs, ce que je voulais ignorer.

J'ai pris le temps de m'habiller et de boire un jus de pomme avant de m'adosser à un arbre pour rédiger trois autres pages de ce journal commencé cinq jours plus tôt. J'apercevais Rachel au loin, accoudée au garde-fou du pont suspendu. Elle méditait. Je me demandais à quoi elle pouvait penser lorsqu'elle m'a lancé à pleins poumons : « Célyne, viens voir le courant. Ça va te changer les idées ! » Je l'ai regardée sans broncher. Il me restait encore quelques lignes à écrire. Sans me presser, j'ai refermé mon cahier et suis allée la rejoindre. Le mouvement de l'eau m'a calmée.

Nous avons repris nos vélos et nous nous sommes rendues au rocher Larouche. Nous voulions camper au-dessus de cette falaise de trente mètres où j'avais été initiée à l'escalade dans le cadre de mes cours d'éducation physique. Le sommet était désert. Seul un corbeau planait au loin en quête de gibier. Nous avons installé la tente et mangé près d'un feu de bois. Rachel demeurait attentive mais distante. Je ne pouvais la blâmer. Depuis longtemps, je savais qu'elle ne m'aimait plus.

Vers vingt heures, nous nous sommes assises au bord de la falaise, les jambes dans le vide. J'avais apporté du café de céréales et des galettes. Curieuse, Rachel m'a demandé de lui parler de mes cours d'escalade. C'est à ce moment-là que j'ai aperçu une cordelette qu'un grimpeur avait oubliée. Nous nous sommes exercées à faire des nœuds. Lorsque Rachel a fait le nœud du pendu, je me suis levée. « Où vas-tu ? » m'a-t-elle demandé, intriguée. Je n'ai pas répondu. « Voyons, Célyne, c'est juste un nœud. Ce n'est pas dangereux ! » Je me suis retournée en répliquant assez sèchement : « C'est un nœud que je maîtrise très bien ! La prochaine fois que je le ferai, je l'utiliserai. » Je suis allée m'étendre dans mon sac de couchage. Rachel m'a rejointe dans la tente et, constatant que je ne dormais pas, elle m'a demandé : « Ça va mieux ? » Je ne savais que lui répondre. Elle m'a massée pour chasser mes idées noires. J'ai ensuite fait semblant de dormir pour la rassurer.

Si tu savais, Rachel, comme j'aurais aimé planifier mon suicide avec toi. Tu aurais fait le nœud et je l'aurais utilisé à bon escient. Ça aurait été une scène terrible, comme dans les grands romans. Tu aurais même pu m'aider à installer ma chaîne stéréo dans la forêt. J'aurais écouté le Requiem *de Mozart en ta compagnie. Tu aurais prononcé « Je t'aime » en même temps que je me serais élancée dans un autre monde, celui qui nous délivre de tous les problèmes insolubles qui se multiplient tels des virus. Mais tu ne peux rien comprendre parce que tu ne m'aimes plus. Quelle importance tout cela a-t-il pour toi ?*

J'ai choisi la corde parce qu'elle me rappelle le cordon ombilical que ma mère tranchait un peu plus chaque jour alors que j'avais tellement besoin d'elle. Pourquoi m'a-t-elle chassée de son ventre, de sa maison, de sa vie ? Jamais je n'aurais cru qu'aimer une femme soit un crime si affreux, condamné par sa mère désormais métamorphosée en juge. Et que dire du silence absolu de mon père, lui qui aimait aussi une femme : ma mère... Pourquoi n'a-t-il pas pris ma défense ?

J'attends le signe, celui qui me donnera le courage de lier la corde à mon destin. Je ne laisse rien derrière moi. Ni conjoint, ni amis, ni biens, ni travail. Je suis seule à vivre : je serai seule à mourir. Ne me reste que ma chatte Virgule. Je lui expliquerai, elle comprendra. D'ailleurs, elle aime bien les vieux, en bas. Elle doit y être en ce moment. J'irai la chercher un peu plus tard.

J'ai peur, bien sûr. J'ai peur que la corde ne casse, que la branche de l'arbre ne cède, qu'un passant égaré ne contrecarre mes projets. Mais j'ai surtout peur de te parler, Rachel, de te dire que je vais me suicider. Que serait ma vie si tu arrêtais mon geste sans m'injecter l'antidote : ton amour ? Hier soir, je n'ai pas osé te dévoiler mes projets. J'ai peur, Rachel, j'ai peur de moi !

Le lundi 25 septembre

Hier matin, une pluie froide d'automne fouettait nos visages, mais nous gardions un bon rythme malgré un fort vent de face. Nous avons pédalé toute la matinée sans répit, prenant la tête à tour de rôle. La nuit précédente, je n'avais dormi que quelques heures entrecoupées par des cauchemars dans lesquels je voyais mon corps se balancer dans le vide au-dessus du rocher Larouche. Je n'ai encore rien dit à Rachel.

Vers midi, nous avons bu un café au comptoir d'un restaurant minable. Les gars de l'endroit dévisageaient Rachel, comme d'habitude. Nous avons parcouru le *Journal de Montréal* et lu nos horoscopes. Je n'ai pas eu le courage de parler à Rachel.

En entrant chez moi, Rachel a ouvert deux bières et fait couler un bain de mousse pour nous deux. Je l'ai laissée faire. Elle parlait sans arrêt. Elle parlait trop fort, trop vite, trop. Ses mots s'entrechoquaient dans mes oreilles, frappaient mes tympans. Plus je tentais d'étouffer ses paroles, plus elle en inventait, plus elle m'entourait de mots pour éviter que je ne parle, que mes paroles ne tuent les siennes à jamais. Alors, d'un seul souffle, j'ai crié aussi fort que les vents du matin : « Rachel, je vais me suicider ! » Et je suis sortie du bain sans m'assécher. J'ai plongé dans mon lit en tentant de me cacher dans le creux de mes nuits.

Rachel s'est assise sur ma couette et m'a caressé le dos comme on flatte un chaton. Elle m'a dit : « Voyons, Célyne, pense à autre chose. Sors, va au cinéma, invite des amis, bouge ! » Elle continuait son mouvement de va-et-vient avec sa main que je sentais à peine à travers les couvertures. Elle a enchaîné : « Tu vois, moi, ce soir, je soupe avec Charles. Tu pourrais en profiter pour inviter quelqu'un : je ne rentrerai pas coucher. » De la main gauche, elle a soulevé les draps pour vérifier mon état. Comme je semblais dormir, elle s'est habillée et maquillée puis, avant de partir, elle est venue me saluer : « Demain, si tu ne te sens pas mieux, on avisera… » Elle s'est ensuite envolée à son rendez-vous.

Ce matin, vers dix heures, j'ai décidé de me lever pour aller chercher Virgule chez les vieux. En descendant l'escalier, j'ai eu une intuition. Comment se faisait-il que les vieux ne m'aient pas dit, hier, quand nous sommes revenues : « Bonjour, mademoiselle Célyne. Votre chatte a encore une fois été adorable. N'hésitez pas à nous la rapporter ! » J'ai frappé chez eux, pas de réponse. Ils sortaient si rarement. J'ai donc marché un peu, question de mettre de l'ordre dans ma tête. En tournant le coin de la rue, j'ai vu ma chatte Virgule. Elle reposait sur le côté, la tête à moitié arrachée. Le sang avait séché dans sa fourrure.

RACHEL

Intercalaire 4

*M*a gestation s'achève puisque j'entrevois la folle chevauchée où je serai désarçonnée par ma monture. Là, seule et abandonnée, je devrai extraire le lait de mes seins gonflés pour éviter de sombrer. Mon ventre déjà desséché ne rejette que des bribes de servitude, de mort. Je resterai là, entre la mer et les falaises, à compter les ruptures qui ont rythmé mes errances.

De la main gauche, je guide mon cheval vers le sentier qui grimpe sur les caps. La mer renvoie ses vagues toujours aussi fortes. Il hésite, me résiste. Je serre la bride un peu plus. Il oblique d'un quart de tour de trop. Je lui donne des coups de talon pour corriger sa direction, l'amener vers la falaise. Il part au trot, puis au galop vers l'écurie. Mes gestes malhabiles ne réussissent pas à dompter la bête. Je m'agrippe donc à la selle, tentant de garder l'équilibre sur cet amas de muscles attirés par l'avoine et le foin frais. Et toujours ces vagues qui fracassent la plage. Je ferme à nouveau les yeux, essayant d'adapter mes mouvements à ceux de mon cheval. Le balancier de mon corps acquiert une précision infernale. Je n'existe plus que par la volonté de cet animal, symbole de ma détresse. Je me méfie de son désir sournois de me désarçonner, de me jeter à la mer sans même devoir freiner sa course. Alors, dans un cri viscéral, je stoppe l'animal et je reprends les guides.

Qui suis-je, au juste, pour engendrer la peur, l'esclavage et la mort ?

En lui parlant de n'importe quoi, juste pour éviter de tout lui raconter, je nettoie sa croupe, son dos, son encolure, ses flancs, ses pattes, sa crinière et sa queue. Je le bichonne comme une mère, Marie-Jo, comme une mère qui sait que l'amour peut tuer, que le lait risque de surir dans ses seins fissurés par trop d'amours avortées.

Au milieu de la nuit, je sors de l'écurie. Fuir cet espace d'où transpirent nos caresses de femmes, telles des bombes encore amorcées.

V

PHILIPPE

À pied marin point d'escale

Du haut de l'escabeau bien amarré à mon toit, je l'avais vue venir du phare de l'anse à la Cabane. Elle marchait pieds nus sur la plage comme seuls les touristes perdus ou en convalescence le faisaient à cette époque de l'année. Comme la veille et l'avant-veille, elle est venue jusqu'à ma cabane, m'a salué puis s'en est allée. Je sais maintenant pourquoi je l'ai suivie ce jour-là à travers les herbes dans la dune. Son foulard de lin noué autour de ses cheveux noirs, effleurant ses épaules bronzées, m'emportait au cœur des légendes de sirènes que les vieux racontaient dans les veillées aux Îles. Et je comprenais pourquoi mon père, jeune Madelinot, avait fait un enfant à la touriste de Québec venue pour ses vacances d'été. Dans mes veines coulait ce sang salé de fils de pêcheur qui a dû attendre vingt-cinq ans avant de connaître son père. J'en voulais à cette étrangère qui foulait mon sable, mes herbes et mes dunes en cette fin d'octobre, quand nous sommes enfin ici entre nous, entre insulaires. Il fallait que je parle à cette femme qui me rappelait cruellement ma mère, que je brise les sortilèges de mes origines.

— Eh! Que faites-vous aux Îles en plein été des Indiens?

Ma question, lancée comme un poignard, a atteint la cible aussi violemment qu'un éclair touchant un mât de bateau. L'étrangère s'est retournée d'un bloc, les yeux filtrant à peine son étonnement:

— Je respire, je marche, j'essaie d'oublier le suicide de ma meilleure amie. Et vous?

J'étais en colère contre moi, si maladroit devant cette femme trop belle qui me répondait avec la franchise et la détresse des survivants. Cette femme qui me prenait aussi pour un touriste, me rappelant mon statut d'étranger, de bâtard, d'enfant illégitime.

— Excusez-moi. Vous me faisiez penser à quelqu'un que j'ai beaucoup aimé... Je m'appelle Philippe.

Pour me rassurer, j'ai enchaîné:

— Philippe à Louis-Marie à Éphrem.

Elle n'était pas dupe: mon peu d'accent me trahissait. Je me suis retourné vers la mer, les pieds solidement enfoncés dans le sable rouge. J'avais le vertige. Chaque fois qu'il était question de mes racines, je perdais pied. D'habitude, je cachais mon trouble naissant, mais cette femme épousait trop fidèlement l'image que je m'étais faite de ma mère séduisant mon père. Pourtant, quelque chose clochait dans son attitude. On ne dévoile pas ses malheurs comme ça, en passant, comme s'il s'agissait d'un fait divers. Je ne voulais pas non plus tomber dans le mélodrame en lui avouant que mon père avait été tué dans un accident d'auto au printemps. Ni que je le connaissais à peine depuis deux ans. Cela ne la regardait pas. Chacun vit son deuil comme il peut. Moi, je préférais me taire. C'est pour cela que j'ai sursauté quand elle m'a dit:

— Vous aussi, vous pleurez quelqu'un?

— Je regarde souvent au loin.

— Vous l'aimiez beaucoup, votre père?

Je n'ai pas répondu, j'ai filé. En me retournant, je l'ai vue remonter son châle sur ses épaules dénudées. C'en était fini de l'été des Indiens. Les vagues chevauchaient la dune pendant que je rentrais chez moi, dans ma cabane, celle que m'a léguée mon père de son vivant.

❏

Depuis quinze heures, tous les artistes, les habitués et les voisins s'étaient rassemblés une dernière fois au Café de la Grave, à Havre-Aubert. On allait fermer pour l'hiver. La tradition voulait que tous se produisent durant la veillée, en petits groupes. Ceux qui se levaient et saluaient la compagnie prenaient la relève. La fête se prolongeait jusqu'à ce que le soleil émerge du bassin d'en face. On se couchait quelques heures, puis on revenait au Café avec des guenilles et des balais. Tous ceux qui fréquentaient le Café de la Grave mettaient un point d'honneur à participer à la corvée de l'Action de grâce. Puis chacun rentrait chez lui, poussé par les grands vents, s'encabaner pour de bon. Ainsi le voulait la tradition.

Il était à peine dix-sept heures quand la touriste est entrée au Café. Je ne l'ai pas reconnue, étant dos à la fenêtre, mais mon voisin m'a dit: «Philippe, as-tu vu l'étrangère? Pas mal!» J'étais plus intéressé par les coutumes que par les allées et venues de tout un chacun. En fait, je me préparais à jouer du piano. Je devais donc trouver une ou deux personnes pour chanter avec moi. Il y avait bien Léon et sa mère, mais ils venaient à peine de céder leur place... Ou bien Martin le pêcheur qui, avec sa voix grave, m'avait initié «au folklore des îles de la Madeleine, des origines à aujourd'hui!» Mais il avait subitement disparu. C'est donc au moment où j'hésitais à toucher le clavier à mon tour que j'ai entendu mon père chanter *Le petit mousse*. Aussi immobiles que le héron guettant sa proie, tous se taisaient. On m'avait bien eu : je ne savais pas que Martin possédait l'unique cassette enregistrée par Louis-Marie, mon père. Et c'était justement la chanson de nos retrouvailles qui s'échappait du filet de mes souvenirs. Au refrain, une fois la surprise contenue, les gens m'ont ouvert un chemin jusqu'au piano. Et j'ai chanté avec Louis-Marie, comme avant, avant le drame. Au troisième couplet, une voix de femme s'est levée dans la salle, une voix inconnue, une voix de sirène, une voix troublante. Les regards silencieux en disaient long. Au dernier couplet, l'étrangère m'a rejoint au piano. Puis, tout le monde s'est mis à chanter avec nous :

> *Filez, filez, ô mon navire,*
> *Car le bonheur m'attend là-bas ;*
> *Filez, filez, ô mon navire,*
> *Car le bonheur m'attend là-bas !*

Ensuite, tous se sont tus pour laisser la parole à Martin.

— Louis-Marie aurait bien aimé être ici ce soir... Bienvenue aux Îles, Philippe !

Martin s'est approché et m'a fait une accolade qui prolongeait ses pensées. C'était lui, le meilleur ami de mon père. C'était donc lui qui devait dire aux autres de me considérer comme l'un des leurs. J'étais désormais sous sa tutelle, malgré mes trente-cinq ans, mes cheveux longs et mon allure de voyageur en transit. Léon m'a remplacé au piano, l'étrangère avait regagné sa place.

— Trouve-nous une table, Philippe. Je n'en ai pas pour longtemps, m'a assuré Martin.

J'ai balayé le Café de la Grave du regard, comme si je le voyais pour la première fois. Des pans d'histoire émergeaient de ses tablettes d'ancien magasin général, de ses murs remplis des murmures des gens et de la mer qui traversait ses fenêtres. Aujourd'hui, justement à cause des paroles de Martin le pêcheur, je ne voyais plus le Café de la Grave avec les yeux des touristes curieux, amoureux des Îles. On aurait plutôt dit que j'étais fait du même bois poli par les vents que les autres, du même sel, que ma vie s'infiltrait par une brèche dans les murs du Café de la Grave. J'étais fier de tous ces Madelinots qui m'ouvraient leur porte, leurs bras, leur vie, leur misère aussi. C'est ainsi que, «parle avec un, donne une poignée de main à l'autre», j'ai fini par trouver une table à peu près libre. L'étrangère occupait l'une des quatre chaises.

— Je peux m'asseoir? ai-je demandé, timidement.

Je me souvenais de notre rencontre où nous avions peu parlé, mais dit trop de choses troublantes. Martin est arrivé sur ces entrefaites.

— Tel père, tel fils! ne s'est-il pas empêché de dire.

Que répondre à cette boutade? Trente-cinq ans plus tôt, Martin était avec Louis-Marie quand ils avaient rencontré ma mère.

Il a enchaîné, en me faisant un clin d'œil:

— Je ne vous dérange pas, toujours?

— …

Nous n'avons pas répondu. Martin nous a donc pris tous les deux par les épaules, comme s'il voulait nous réunir avec ses grosses mains de pêcheur qui en a vu bien d'autres…

— Philippe, mon gars, voici Rachel, une amie du fils du beau-frère du docteur Henri. Elle habite à leur chalet, à Bassin, pour la semaine.

— On s'est vus sur la dune ce matin.

— Je sais… Rachel, voici le fils de Louis-Marie, Philippe, un p'tit gars des Îles!

Quel homme, ce Martin! Comment pouvait-on jouer la comédie avec autant de doigté... On aurait dit qu'il voulait que se renouvelle la scène amoureuse qui avait précédé ma procréation. Mais il me connaissait assez bien pour savoir que, ce soir, je n'en voulais plus à mes parents d'avoir été incapables de me dire la vérité plus tôt. Pas après l'accueil public qu'il venait de me prodiguer.

— Alors, Philippe, tu es vraiment décidé à passer l'hiver aux Îles?

— L'hiver et peut-être plus...

— Tu m'étonnes!

Rachel nous écoutait distraitement. Elle dessinait des bateaux sur un bout de papier. C'est alors que Martin lui a demandé:

— Ça te plairait, Rachel, de faire un tour en mer?

— Quand? Après-demain?

— Ça dépendra du temps. On ne sait jamais... Bon, on me réclame au piano!

La musique endiablée du trio formé par Léon, sa mère et Martin le pêcheur vibrait jusque dans notre âme. Nous étions tous les otages de ces créateurs d'ambiance aux allures de tempête. C'est dans ce contexte très particulier que j'ai commencé à apprivoiser Rachel que j'ai cessé de surnommer *l'étrangère*! De notre conversation au Café de la Grave, je garde farouchement en mémoire son regard vagabond qui m'évitait, qui se posait sur Martin au loin, sur les chevalets des artistes des Îles ou sur les poètes qui traduisaient en mots nos émotions, mais qui toujours m'évitait. Ses yeux dérivaient déjà, comme si elle sentait que j'allais la surprendre dans sa propre quête d'identité. Rachel savait qu'elle n'avait pas d'ancrage, qu'elle s'accrochait à l'amour pour épouser le corps des autres, pour défier la gravité. Et c'était à mon tour de prendre la relève, de lui donner un nom, un baiser, d'être bon prince, de jouer le jeu, le jeu de la séduction. Ce que j'ai fait du mieux que je pouvais, sans oublier ma propre quête, celle de mes origines. C'est donc dans une atmosphère de fête filtrée par la détresse des yeux de Rachel que nous avons échangé nos histoires, fait connaissance.

❑

Le soleil grimpait timidement sur les buttes des Demoiselles, point culminant de Havre-Aubert. Nous le suivions. Martin voulait que Rachel voie l'île d'Entrée de haut, juste avant que nous prenions la mer sur son bateau de plaisance. Il a précisé :

— Philippe, je compte sur toi pour piloter Rachel durant son séjour.

J'ai accepté cette agréable tâche que je partagerais avec lui, bien sûr !

Je me souviens très bien du chemisier que portait Rachel ce matin-là. Toutes les couleurs des maisons des Îles s'étalaient sur la laine d'agneau. À chaque pas, ses seins effleuraient le tissu léger et chaud qui cachait à peine ses courbes aussi rondes que les collines. Martin plissait les yeux, aveuglé par tant de belles choses... J'avais apporté mon appareil photo pour cette balade matinale, me transformant moi-même en touriste !

— Allons, les enfants, installez-vous ici avec le lunch.

— Pourquoi ?

— Pour la photo, baptême !

En sirotant mon café, j'observais Martin qui montrait à Rachel l'île d'Entrée, isolée et sévère, ressemblant à Saturne avec la bande de sable de la dune du Bout du Banc en guise d'anneau. Puis, il a pointé le doigt vers le quai où nous attendait *Le Mousse*, le bateau que lui avait légué Louis-Marie. Venaient ensuite le vieux fumoir à harengs, puis les maisons qui nichaient n'importe où, surtout pas en rang, et finalement, la mince bande de terre nommée La Grave, ce lieu-dit des Îles. Rachel écoutait Martin, fronçant parfois les sourcils devant ce colosse de six pieds, barbu, poilu, ventru, plein de tendresse. Imprévisible.

— Rejoignez-moi au quai dans une heure. J'ai à faire.

Rachel s'est approchée de moi. Je devinais qu'elle voulait me parler de mon père ou de quelque chose d'aussi délicat. J'apprenais à lire les traits changeants de son visage.

— Pourquoi es-tu devenu caméraman sous l'eau ?

— J'ai un ami qui m'a initié à ce métier-là en Bretagne. La mer m'a toujours passionné. Enfant, j'avais l'impression de m'être trompé de lieu de naissance. Je rêvais d'être gardien de phare dans une île.

— Moi aussi, j'ai parfois l'impression d'être quelqu'un d'autre.

En disant cela, Rachel a baissé la tête comme si elle s'accusait d'une terrible faute. Ses cheveux masquaient son visage. Nous vivions tous les deux un deuil cruel. C'est en pensant au stupide accident d'auto de mon père, un face à face avec un touriste saoul, que j'ai imaginé Rachel tentant désespérément de sauver sa copine du suicide. Comme moi, mon père…

— Tu penses à ta meilleure amie ?

— Non. Elle a choisi la mort. C'est son droit. Je n'y suis pour rien.

J'ai ravalé ma salive, étonné par la dureté de ses propos. Le drame se logeait ailleurs, plus enraciné dans sa vie. D'ailleurs, ses traits se sont durcis.

— Alors ?

— J'ai déjà aimé une femme. Passionnément. Elle s'appelait Marie-Jo. Je l'ai quittée depuis plus d'un an.

— Tu l'aimes encore ?

— Non. Mais je n'en parle presque jamais.

Je comprenais son malaise mais je ne le partageais pas. Sous l'eau, tant d'êtres bizarres cohabitaient, se croisaient, se parasitaient que les frontières de mes préjugés avaient fondu à chacun de mes tournages. D'ailleurs, il fallait nous rendre au quai.

— Viens! On va être en retard, lui ai-je dit.

— Tu ne dis rien? a-t-elle répliqué, désemparée.

— Il n'y a rien à dire. C'est comme ça. C'est tout.

Rachel m'a dévisagé: «Quel être bizarre, ce Philippe!» devait-elle penser. Cela m'importait peu. À cette époque, j'ignorais que Rachel aimait encore Marie-Jo. Elle aussi, probablement. Enfermée dans une image qu'elle détestait, celle d'une femme qui aime une autre femme, elle se débattait avec tous les préjugés qu'elle endossait. Ce n'est que beaucoup plus tard qu'elle s'est rendu compte que, si l'on se déteste soi-même, on ne peut pas se laisser aimer. Sa quête d'identité s'opposait à ma quête d'origine. Alors que je me demandais «Pourquoi suis-je comme ça?», elle tentait de répondre à son insoutenable «Qui suis-je au juste?». Ignorant tout cela au début, je ressentais une attirance particulière pour cette *étrangère*. Je crois que nos remises en question nous rapprochaient autant que nos tempéraments de nomades.

En me rendant au quai avec Rachel, c'est à Martin que je songeais, à Martin qui, vieillissant, devait se répéter avec inquiétude: «S'il ne se passe rien cette année, je devrai cesser de pêcher l'été prochain.» J'arrivais dans sa vie comme un enfant prodigue, lui permettant peut-être de jeter sa retraite par-dessus bord! Ce vieux pêcheur occupait déjà plus de place dans ma vie que Rachel.

Quand nous avons embarqué sur *Le Mousse*, Martin écoutait la météo dans la cabine de pilotage. Deux cirés nous attendaient. Les vagues déferlaient sur la mer encore gonflée par les vents de la veille. Tout devait bien se passer : Martin venait de changer les filtres à carburant de son moteur. On annonçait une mer plate d'ici la fin de la journée.

— Philippe, laisse un peu Rachel et viens prendre la barre !

J'ai fait un clin d'œil à Martin avant de répliquer :

— Changement de programme, capitaine ! Tu pourrais donner la barre à Rachel et venir jaser avec moi sur le pont avant. Qu'en penses-tu, Martin ?

— Et qui me dit, cher Philippe, que Rachel sait piloter ?

Piquée au vif, Rachel a regardé Martin le pêcheur droit dans les yeux avant de répondre, comme s'il s'agissait d'un examen :

— Un : laisser les bouées rouges à tribord ; deux : à la sortie du chenal, relever deux amers pour suivre l'alignement ; trois : faire le point et noter le cap-compas !

— Où as-tu appris tout ça ?

— J'ai fait le tour de la Corse en catamaran avec l'école de voile des Glénans. Je sais naviguer.

— Bon... Je ne serai pas loin... a finalement dit Martin, encore hésitant.

Rachel a pris la barre, et moi la brosse pour laver le pont. *Le Mousse* connaîtrait des heures de gloire avec le plus grand mousse de l'histoire de la navigation !

— Tu voulais me parler, Philippe ?

Appuyé sur le manche de ma brosse, je suis resté figé quelques instants. Le ton de confidence sur lequel Martin m'abordait me mettait mal à l'aise. Ce que je voulais lui demander demeurait délicat pour moi qui avais vécu mon enfance et mon adolescence en ville.

— Martin, si tu as besoin d'un engagé sur ton bateau de pêche... Je peux apprendre !

— Viens d'abord ici, à l'abri du vent. J'ai quelque chose à te montrer.

Je croyais que Martin refusait ma proposition : il avait changé de sujet sans répondre à mon offre. Cela m'embêtait, moi qui aurais tant aimé passer l'hiver à préparer les agrès de pêche avec lui.

— Philippe, mon gars, je crois que le moment est venu de te remettre ce mot.

Martin a sorti de la poche intérieure de son ciré une enveloppe blanche enroulée dans un mouchoir sentant la sueur, le poisson et l'huile à moteur, le tout inséré dans un vieux sac à sandwichs.

— Il n'y a pas d'erreur : c'est vraiment toi, le petit mousse à Louis-Marie...

— Martin ! Voyons... Regarde-moi : je te dépasse d'une tête et tu me prends pour un enfant ! Tu ne vois pas que j'ai plutôt l'air d'un globe-trotter, toujours habillé pareil avec mon jean noir, ma chemise blanche, ma veste de cuir, mon bandeau de coton et ma queue de cheval blonde ?

— Ouvre cette lettre, mon gars, tu comprendras.

Martin est allé rejoindre Rachel dans la cabine. En déchirant l'enveloppe, je m'imaginais y retrouver un pacte concocté par Louis-Marie et Martin alors qu'ils pêchaient ensemble. Je ne me trompais pas.

Philippe, mon petit mousse,
Si un jour tu décides d'habiter aux îles de la Madeleine, il te faudra bien un bateau... Le petit mousse, c'est notre chanson, c'est toi sur la photo que ta mère m'a naguère envoyée et c'est aussi mon bateau. Martin te remettra cette lettre quand tu seras en mesure de naviguer comme un marin, comme mon fils, sur Le Mousse, ton bateau !
Louis-Marie, ton père qui t'aime.

Ému, timide et fragile, je devinais, en lisant la lettre de mon père, tout ce qu'un mousse pouvait ressentir devant un équipage d'hommes habitués à prendre le large. Aussi rusé que la mer qui formait deux moustaches d'étrave sous le nez du *Mousse*, par sa lettre, Louis-Marie me consacrait marin devant Dieu et devant les hommes. Mes larmes se confondaient aux lames d'eau salée qui fouettaient la proue.

C'est alors que le moteur a rendu l'âme.

— Philippe, mon gars, viens me donner un coup de main!

Nous avons constaté que les filtres étaient encore bouchés par des saletés provenant probablement du réservoir de carburant. Martin a demandé de l'aide: nous avons été remorqués par un pêcheur jusqu'au quai de l'île d'Entrée. Là, j'ai voulu me charger de la réparation du moteur, mais Martin n'a pas accepté que je m'en mêle.

— Mon gars, Louis-Marie m'a confié un bateau en parfait ordre.

Ça voulait tout dire. Il a quand même ajouté, pour être bien compris:

— Rachel n'a jamais visité l'île d'Entrée.

Martin défendait farouchement son honneur de marin, de pêcheur et de complice de Louis-Marie. C'était son droit le plus légitime.

— Rachel, un tour de l'île, ça te plairait?

— De l'île... De nos vies...

— De nos vies!

Nous avons donc laissé Martin sur *Le Mousse* avec quelques pêcheurs, tous mécaniciens par la force des choses: l'isolement. J'imaginais mon père à travers ces hommes aux mains crevassées par l'eau salée, les filets de pêche à réparer et les moteurs à entretenir. C'est avec cette première image en tête que nous avons d'abord parlé de moi. Puis d'elle et de nous.

Quand on a été rendus au sommet de la Big Hill après avoir emprunté les chemins Main et Post Office, puis grimpé le sentier à travers champs, Rachel m'a avoué :

— Philippe, la mer te ressemble.

— Tu dis ça parce que tu connais mon histoire ?

— Non. Parce que j'aime la mer.

Je suis resté muet devant cette fille qui tentait de me séduire sans cacher son jeu. Dommage que je n'aie pas eu la présence d'esprit de répliquer : « Rachel, ça ne marche pas avec moi, cette stratégie. N'oublie pas que je travaille des heures et des heures sous l'eau avec une caméra : j'ai aiguisé mon sens de l'observation. Tes yeux démentent tes paroles. Tu ne m'aimes pas. Au plus, tu voudrais que je te prenne dans mes bras, que je te berce, que je t'aide à déterrer l'entrée du tunnel qui nous conduirait jusqu'à toi. Mais il y a tant de murs à traverser. Je ne peux rien pour toi, Rachel. Tu ne sais qu'effleurer les gens : tu n'as jamais eu le courage de soutenir mon regard. Tu aurais vu que la mer ne me ressemble pas, je suis la mer ! » Il était trop tôt pour que je puisse formuler autre chose que des intuitions.

— Rachel, tu ne parles pas le même langage que moi. Tu cherches un abri pour te retirer, le temps de faire le point. Je me trompe ?

— …

Immobile, Rachel ne m'a pas démenti. Seul son regard s'est enfui, loin, sur le continent. Des larmes, asséchées à mesure qu'elles coulaient par les vents dominants, ont jailli de ses yeux profonds, noirs à s'y perdre. Elle comprenait qu'en me racontant n'importe quoi, c'était à elle qu'elle mentait. Nos conversations des derniers jours lui remontaient à la mémoire. Se sentant piégée et soulagée à la fois, elle a tenu à rectifier certains de ses propos, en *crescendo*.

— Tu as deviné que j'aime toujours Marie-Jo mais que je refuse de vivre avec elle ? Que ce n'est pas moi qui l'ai quittée? Que Célyne, ma première blonde, s'est suicidée à cause de moi? Que j'ai un chum qui s'appelle Charles? Que je le garde uniquement parce qu'il est mon adjoint à la clinique? Et que sais-tu de Jeanne qui m'a fait oublier Marie-Jo un certain temps? T'ai-je déjà parlé de ma famille? Et de Simon?

Épuisée par tous ces mots qu'elle s'arrachait de la moelle des os, privée de toutes les demi-vérités qui la soutenaient, elle est tombée dans l'herbe, vulnérable comme jamais. Qui étais-je au juste pour déclencher les confidences qu'elle enterrait au plus profond de son être? Je l'ai prise dans mes bras. État de choc. Je l'ai ramenée au bateau.

Le soleil se couchait quand, de retour au quai de Havre-Aubert, Martin m'a donné les clés du *Mousse*. Je l'ai serré fort, très fort, en pensant à Louis-Marie, à cette complicité qui naissait entre nous.

— Martin...

— Ne dis rien, mon gars. Il faut parfois se taire. Tu verras, ce sera comme ça quand nous pêcherons ensemble. Bon. Réveille doucement Rachel, je vous attends dans la camionnette.

— Martin, sais-tu pourquoi Rachel a si peur de vivre?

— Est-ce si important pour toi?

En vieux loup de mer, il s'est éclipsé en douce sans que je puisse le retenir. Les femmes lui rappelaient trop sa promise, épousée par son cousin, un salaud! Je me suis juré de ne plus poser de questions. Ni à Rachel ni à Martin. Mais je n'ai jamais respecté cette promesse!

❏

Le lendemain, vers dix heures, Rachel m'a rejoint au chemin du Sable, à Havre-Aubert. Nous voulions nous rendre là où la dune du Bout du Banc glisse dans la mer, vers l'île d'Entrée. En fait, en tant que Madelinot, j'avais décidé de parcourir mon territoire durant l'année, du Corps Mort jusqu'à l'île Brion !

— Alors, Rachel, tu es venue...

— Comme promis, mon cher Philippe !

Une lame de sable soufflée par le vent s'est échappée de la dune, masquant les yeux de Rachel qui tentait justement de me cacher son trouble. Mais j'avais déjà eu le temps de comprendre pourquoi elle tenait à m'accompagner dans mon voyage initiatique. Elle ne pouvait rester seule après les aveux qu'elle m'avait faits. Son regard criait donc : « Ne m'abandonne pas, ne me laisse pas seule avec moi-même ! » Puisque mes racines de « p'tit gars des Îles » s'enfonçaient plus profondément à chaque foulée, je me sentais assez solide pour guider cette femme vers sa propre solitude.

J'ai donc marché en tête jusqu'à la barque de pêche échouée sur la plage. Rachel n'existait plus. J'avais réussi à me défaire d'elle, pourtant fort séduisante dans son pantalon de toile écru et sa veste de laine rouille. La mer m'emportait au loin, au pays des marins, des brumes et des légendes. Là où mon père chantait avec moi :

Partons, la mer est belle ;
Embarquons-nous, pêcheurs,
Guidons notre nacelle,
Ramons avec ardeur.
Aux mâts hissons les voiles,
Le ciel est pur et beau ;
Je vois briller l'étoile
Qui guide les matelots !

Puis j'ai atteint la barque, cette fameuse barque qui gisait sur son flanc droit, à bout de souffle, dans ce cimetière à ciel ouvert. Comment se fait-il que mon père soit mort sur la route, en route vers la mer ? Je me suis assis près de la barque pour méditer. Et j'ai vu au delà de l'horizon un vieil homme qui scrutait la mer, seul et inquiet. Il semblait attendre quelqu'un, mais en vain. En se retournant, il m'a aperçu : « Philippe, tu es vivant ! » Je m'apprêtais à monter à son bord lorsque Rachel s'est approchée de moi, me caressant le dos de sa main chaude et habile.

— À quoi rêves-tu, Philippe ?

Comment lui dire qu'elle venait d'interrompre ma rêverie, qu'elle aurait mieux fait de se taire, de me laisser tranquille ? D'un geste brusque, j'ai entouré son poignet de ma main large et autoritaire pour qu'elle cesse ces caresses qui me troublaient. J'avais envie de la prendre là, sur le sable, sans préliminaires, comme une bête en rut. Mais ses yeux remplis de panique contrastaient tellement avec ses lèvres rouges à croquer que j'ai dompté mon désir.

— Viens... ai-je répondu en lui donnant la main. Nous ne sommes encore qu'à mi-chemin.

D'un air mystérieux, Rachel m'a embrassé sur la joue avant de me souffler à l'oreille :

— As-tu vu nos traces sur le sable ?

En disant cela, elle s'est mise à courir droit devant, comme si elle voulait échapper à mon emprise. Je ne comprenais pas pourquoi elle avait parlé de nos traces... En me retournant, j'ai constaté qu'une seule rangée d'empreintes signifiait, à tort, que j'avais parcouru seul mon territoire. Mais ses pas, qu'elle avait camouflés dans les miens, existaient bel et bien. Pourquoi avait-elle fait cela ? Étais-je devenu un refuge ou un pantin qu'elle manipulait pour éviter les ressacs de la solitude ?

Rendu là où la mer labourait le sable, je me suis arrêté un instant. « La dune du Bout du Banc prend un bain de pieds ! » ai-je pensé en observant les bandes de sable qui glissaient sous l'eau tels des orteils appuyés au fond d'un bassin. J'ai retrouvé Rachel debout dans la mer.

— Crois-tu que ça existe, le bout du monde ? m'a-t-elle demandé.

— Tu y as déjà cru, enfant ?

— Bien sûr !

— Alors, il existe, ai-je répondu.

J'ai pris sa main pour éviter qu'elle ne s'échoue comme la barque de tout à l'heure. En serrant ses épaules contre les miennes, je l'ai conduite sur le sable sec. Nous nous sommes étendus côte à côte, naufragés au milieu de nos rêves et de nos attirances. Et j'avais envie d'elle. Surtout depuis que je me sentais chez moi ici, aux îles de la Madeleine, sur ce banc de sable blond comme l'automne.

C'est dans ce décor dénudé que Rachel a hésité à prolonger ses caresses au delà de nos vêtements. Le nez enfoui dans ma veste de cuir, elle m'a simplement avoué :

— Philippe, j'ai besoin de temps… et de toi !

— N'aie pas peur, je suis là.

Elle s'est lovée contre moi et j'ai senti ses seins et son sexe cachés sous mon corps qui refusait de se figer. Coincé entre les mouvements instinctifs de mon pénis qui cherchait une issue et mes bons sentiments, j'ai fermé les yeux, attendant un signe de Rachel.

— Je ne suis pas prête, Philippe. À cause de tout ce que je t'ai dit.

— Je comprends, tu sais.

J'avais l'impression que nous étions deux rescapés, ancrés au bout du monde, pour une heure ou deux. Le temps de manger un sandwich et de recadrer nos vies !

C'est dans cette ambiance que Rachel m'a raconté qu'elle avait toujours besoin de quelqu'un pour lui tenir la main et que, jusqu'à maintenant, son jeu de séductrice lui avait permis de ne jamais rester seule. Sachant cela, pourquoi l'ai-je crue lorsqu'elle a ajouté :

— Avec toi, Philippe, c'est différent.

— Pourquoi ?

— Parce que tu ne me juges pas. Je peux être vraiment moi-même.

C'est alors qu'une voix inconnue, une voix de sirène, une voix troublante m'a raconté, comme dans les légendes, qu'une certaine Rachel tentait de me séduire pour mieux me jeter après usage. Pourquoi ai-je quand même cru que j'allais être épargné ?

❑

En saison, le quai de Havre-Aubert ne ressemble pas à ce désert de froid et de vent qui nous attendait, Rachel et moi. Il était encore possible de prendre la mer au mitan de l'automne, mais c'était audacieux. À preuve ? Je n'aurais jamais osé exposer à Martin mon projet de me rendre à l'île Brion. Il aurait mal réagi. Mieux valait que j'appareille sur *Le Mousse* sans témoin, discrètement.

— As-tu apporté des vêtements chauds, Rachel ?

— Philippe... Tu veux voir mes combinaisons, peut-être ?

Cette plaisanterie m'a rassuré. D'ailleurs, elle pouvait me seconder puisqu'elle avait navigué sur au moins trois océans... Plus humblement, son expérience se résumait à des stages en Corse, à Vancouver et à Rimouski. Était-ce suffisant pour prendre en charge le bateau ? Peut-être pas, mais moi, en revanche, je parcourais les mers depuis des années pour des tournages qui entraînaient souvent l'équipage dans des conditions de navigation extrêmes. De toute façon, je ne pouvais me résigner à traverser l'hiver sans avoir foulé l'île Brion, le point le plus au nord de mon territoire.

Côté météo, rien de vraiment inquiétant. La vague de froid apportée par les vents du nord avait coïncidé avec la chute du baromètre le matin. Par contre, on n'avait pas annoncé de perturbations importantes pour les vingt-quatre prochaines heures. Au pis aller, nous pourrions accoster au vieux quai de l'île Brion si jamais le mauvais temps déjouait les météorologues.

Je m'apprêtais à mettre le moteur en marche. De ce geste simple surgissaient en vrac toutes mes sorties avec Louis-Marie, capitaine du *Mousse*! D'ailleurs, je me souvenais parfaitement que la première fois qu'il m'avait invité à monter à bord, octobre tirait à sa fin.

— Rachel, es-tu prête pour la grande aventure ?

— J'ai vérifié les instruments de navigation. Tout est en ordre. J'attends vos ordres, capitaine !

En disant cela, elle s'est penchée vers moi pour m'embrasser.

— Philippe, *Le Mousse*, c'est ton bateau : il n'appartient à personne d'autre qu'à toi !

— Tu as raison, Rachel. Parée à larguer les amarres ?

— Amarres larguées !

— Après la bouée, cap au nordet, moussaillon !

Nous n'avions pas froid dans la cabine. Nous étions habillés comme en hiver : combinaison de laine, polar, veste de marin, ciré, gants et tuque. Je ne comprenais pas pourquoi Louis-Marie n'avait jamais porté de *Mustang*, ce fameux habit fait exprès pour les temps durs... Dire que j'avais perdu le mien à l'aéroport, avec une partie de mes bagages !

Nous passions d'une île à l'autre, observant les côtes rouges et escarpées de cet archipel où chaque lopin de terre était relié par une route arrachée à la mer. Les îles du Havre Aubert, du Cap aux Meules, du Havre aux Maisons et de la Grande Entrée disparaissaient une à une. Nous dépassions maintenant Old-Harry, cette pointe qui ploie sous le joug de chaque tempête. Nous longions la plage de la Grande Échourie qui me rappelait la carte des naufrages affichée sur le vieux traversier des îles, le *N. M. Lucy Maud Montgomery*. En somme, tout allait bien, peut-être parce que nous étions à l'abri du noroît !

Immédiatement après la pointe de l'Est, le vent s'est mis à forcir. Rien d'inquiétant. Nous pouvions suivre notre route sans difficulté. *Le Mousse* tenait bien la mer et nous étions à l'abri des lames d'eau.

— Changement de cap : nord-nord-est !

— À la soupe, capitaine !

Je ne sais si ce potage contenait un philtre, mais après en avoir vidé un thermos, nous étions réchauffés, de la tête aux pieds, assez pour songer à enlever une pelure ou deux. Quand la fermeture éclair du polar de Rachel s'est enrayée, j'ai attendu qu'elle me demande de l'aider, ce qui n'a pas tardé !

— Philippe !

— Tu veux que je te déshabille, ma douce ?

— Ça t'embête ?

— Au contraire !

C'est ainsi que, de polar en camisole, je me suis rapproché un peu plus de cette femme qui me fascinait et m'attirait. Était-ce la mer qui rendait sa peau légèrement salée ou la chaleur qu'elle dégageait dans son étreinte ? Toujours est-il que j'ai dû mettre le pilote automatique pour me libérer de la conduite du bateau !

J'ai trouvé un sac de couchage que nous avons étendu dans la cabine, sur l'étroite couchette. Comme un vieux couple d'habitués, nous nous sommes installés confortablement pour faire l'amour. En tant que nomade, jamais au grand jamais je n'aurais pensé agir de la sorte avec une femme. Et pourtant, quelque chose en moi m'encourageait à continuer, à aller au bout de mon désir sans y mettre trop de passion. J'avais l'impression d'apprivoiser une bête sauvage qui me blesserait à coup sûr si je lui montrais le moindre signe de faiblesse. Je laissais donc mes sens me guider en bloquant tous mes autres canaux de communication!

En entourant les épaules nues de Rachel, j'ai succombé! Pourquoi ses seins frémissaient-ils autant lorsqu'ils s'appuyaient sur les poils de ma poitrine? Pourquoi sa vulve tissait-elle un écrin autour de mon pénis? Et ce cou... ce cou qui sentait les fines herbes et le lichen, ce cou mi-apprivoisé, mi-désertique qui me servait de cache, ce cou que je pouvais tordre pour en extraire le sang et l'air, ce cou, signe d'abandon, de défaite, ce cou noyait à lui seul toutes mes résistances.

— Philippe, prends-moi, me suppliait Rachel, en proie à une vive envie qui jaillissait de sa vulve mouillée.

— Laisse-moi encore un peu mordiller ton cou, tes seins, ton sexe...

N'en pouvant plus, elle a pris mon pénis à pleine bouche, dans un va-et-vient qui valait mille supplications. Elle s'est ensuite assise sur moi et dans un bercethon aussi doux que rapide, son corps s'est électrisé et j'ai éjaculé, l'entraînant dans un orgasme qui nous unifiait par-delà les mots.

Durant des années, je me suis demandé pourquoi, sur un bateau, je prenais autant de plaisir à faire l'amour sans catastrophe alors que, dans une maison, je manque d'inspiration. Après une relation sexuelle, j'observais toujours les lieux: meubles déplacés, linge par terre, bière renversée, en somme, tout indiquait le passage d'un ouragan! Mais pas cette fois-ci. «Qu'en penses-tu, toi, le fantôme de Louis-Marie?»

Pendant que je me rhabillais en dissertant sur les choses de la vie, Rachel avait eu le temps de reprendre en main le bateau.

— As-tu vu la brume, Philippe?

— On baigne dedans! Que dit la radio?

— Un coup de vent est prévu pour seize heures à l'est de l'île d'Anticosti.

— Pas très bon. Mais on n'est pas loin de l'île Brion. S'il le faut, on va respecter le dicton.

— Qui dit quoi au juste?

— «Si tu veux vivre vieux marin, arrondis les pointes et salue les grains!» Louis-Marie me l'a appris un jour de mauvais temps.

— On dirait vraiment qu'on est trois, sur *Le Mousse*!

— Tu n'as pas tort.

C'est vrai que nous naviguions à trois: Rachel, Louis-Marie et moi-même. La sainte famille! Rachel qui m'était apparue comme dans un mirage à l'anse à la Cabane, Louis-Marie qui me guidait dans ma tournée des Îles et moi, cet amant presque incestueux, ce fils illégitime, ce nomade en quête d'ancrage. Rachel devinait tout cela parce qu'elle se sentait exclue de ce qui s'avérait le plus important pour moi, mes origines. Je l'obligeais, sans le savoir, à compter uniquement sur elle pour faire le point sur sa vie, au moment où, par réflexe, elle aurait souhaité séduire un homme compréhensif qui lui serve de terrain d'atterrissage. Puisque je refusais de jouer ce rôle et que nous étions seuls sur *Le Mousse*, elle se retrouvait plongée au cœur de ses problèmes. Je pouvais affirmer sans me tromper que nous étions plus que trois sur ce bateau: un équipage de pirates tentait de le prendre d'assaut. Rachel luttait seule contre ces barbares aux allures de Célyne, de Charles, de Jeanne, de Marie-Jo, de Simon et de combien d'autres!

— Nous sommes beaucoup plus que trois sur *Le Mousse*, Rachel. Les as-tu tous comptés?

— Cache-moi au creux de ton épaule, Philippe. J'ai froid!

Le vieux quai de l'île Brion était en vue.

Jamais je n'avais réussi à m'habituer aux changements d'humeur soudains de la mer. Vent, brume, tempête. Le coup de vent allait frapper plus au sud que prévu. Mieux valait nous abriter.

— Nous allons nous amarrer au quai pour la nuit.

— Parfaitement d'accord.

— Je crois qu'il y a une vieille maison sur l'île.

Les vagues fouettaient le quai quand nous avons accosté. L'île s'étirait jusqu'à la noirceur. Seules les masses d'eau en furie projetaient leur éclat sur cet océan sombre comme un oiseau de malheur.

— Tu connais l'histoire de l'île Brion, Philippe ?

— C'est Martin qui me l'a racontée un soir d'orage.

— Moi, j'ai rencontré des gens qui l'ont habitée durant un été. C'est une famille pleine de projets intéressants et originaux. D'ailleurs, ils vivaient comme des Robinsons sur l'île ! J'ai parcouru leur livre de bord.

— C'était avant que l'île Brion devienne un lieu de conservation, j'imagine.

— Probablement. Le docteur Henri le saurait, lui. Ce sont ses amis de L'Anse-à-la-Cabane qui ont vécu cette épopée.

— Nous sommes rendus : c'est à notre tour d'écrire une page d'histoire !

J'avais les aussières à la main, prêt à sauter sur le quai pour amarrer solidement le bateau pour la nuit. J'avais demandé à Rachel de prendre les commandes au cas où l'absence de bittes d'amarrage rendrait la manœuvre délicate.

— Je vais d'abord fixer la garde avant, Rachel.

— Pas de problème.

J'ai sauté sur le quai pourri. Et j'ai crié aussi fort que la tempête qui rageait au dehors. Ma jambe s'enfonçait entre deux planches, dans un mélange d'éclisses, de sang, d'os et d'eau salée. Je suis resté coincé là, incapable de me dégager, d'appeler Rachel, d'endurer plus longtemps le mal. Envahi par la douleur, j'ai perdu conscience.

Comment Rachel avait-elle réussi à amarrer le bateau seule, à me retirer de ma fosse et à me porter jusqu'à un vieux hangar désaffecté? Elle-même ne saurait l'expliquer tant elle a agi sans y penser. Peut-être qu'en travaillant dans une clinique de santé-sécurité, on acquiert de bons réflexes en situation d'urgence.

Lorsque j'ai repris conscience, j'étais seul, allongé dans une vieille remorque, à demi nu dans le sac de couchage du *Mousse*.

— De l'eau, de l'eau... ai-je demandé.

J'aurais pu boire un plein baril d'eau de mer! Mais ma jambe m'élançait tellement qu'elle m'empêchait de me déplacer, d'aller chercher de l'eau douce. Le délire me guettait à chaque respiration. J'allais de nouveau sombrer dans l'inconscience quand Rachel est entrée.

— Philippe, regarde-moi. Ne bouge pas. Fixe mes yeux, Philippe.

Toujours en me parlant, Rachel a soulevé le sac de couchage pour examiner ma jambe fracturée. Ses paroles lancées comme des ordres me maintenaient conscient. Je respirais mieux. Elle a ensuite déchiré la manche d'une de ses chemises pour l'attacher autour de ma jambe qui saignait encore un peu.

— Philippe, es-tu hémophile? Prends-tu des médicaments? As-tu des allergies?

— ...

J'ai réussi à répondre à sa kyrielle de questions en clignant des yeux. Malgré mon peu de connaissances médicales, j'avais compris que je souffrais d'une fracture ouverte à la jambe droite accompagnée d'une hémorragie que

Rachel contrôlait du mieux qu'elle pouvait. Mais j'avais déjà perdu trop de sang pour demeurer toute la nuit sur l'île Brion. Il fallait que Rachel me conduise à l'hôpital de Cap-aux-Meules, ce qui s'avérait impossible dans la tempête. Ne restait plus qu'un espoir : que Martin s'inquiète assez de l'absence du *Mousse* au quai de Havre-Aubert pour naviguer à notre secours.

— Rachel, la radio...

— J'ai essayé... Pas de réponse ! Tiens, prends ça, c'est un calmant à base d'herbes. Tu devrais pouvoir dormir. Demain, on avisera.

Je ne sais si je me suis évanoui ou si j'ai dormi mais, quand j'ai ouvert les yeux, c'est Martin que j'ai vu. Il passait sa main dans mes cheveux en me disant :

— Mon gars, tu l'as échappé belle !

Puis, le docteur Henri m'a examiné. Il semblait rassuré : Rachel m'avait prodigué de bons soins.

— Tu vas t'en sortir. Ç'aurait pu être grave... Tu dois une fière chandelle à Rachel ! Au fait, où est-elle ?

— Rachel est déjà sur *Le Mousse*, a répondu Martin. Nous allons appareiller. Elle va nous suivre. Tu avais raison, Philippe, cette fille sait vraiment naviguer !

C'est ainsi que s'est terminé mon premier voyage à l'île Brion, commencé sur *Le Mousse* et achevé sur *Le Martinpêcheur* ! Lorsque nous sommes arrivés à Grosse-Île, une ambulance nous attendait. Le docteur Henri m'a accompagné à l'hôpital pendant que Martin et Rachel se rendaient au quai de Havre-Aubert pour hiverner les bateaux.

J'ai su plus tard que Martin avait proposé à Rachel de m'accompagner en ambulance mais qu'elle avait préféré ramener *Le Mousse* à bon port. C'est en sachant cela que j'ai compris pourquoi Rachel n'est pas venue me rendre visite à l'hôpital sauf avant de prendre l'avion. Et, encore là, c'est Martin qui l'a amenée presque contre son gré. Des

fragments de notre dernière conversation s'échappent parfois de ma mémoire :

— Sans toi, Rachel, je…

— Tu… Rien du tout. Tu sais très bien, Philippe, que
j'aurais secouru n'importe qui.

— Et Célyne ? ai-je tranché, frappé pour la deuxième
fois par la dureté de ses propos.

— Célyne ? Qui te dit que si je l'avais aidée, elle serait
encore en vie ? Ce n'est quand même pas moi qui l'ai tuée !

— Et moi, pourquoi m'as-tu aidé ?

— Toi, je n'avais pas le choix. Nous étions seuls en
plein océan.

Je comprenais que, derrière ses paroles insoutenables,
Rachel cachait une détresse profonde : c'est elle-même
qu'elle devrait secourir avant de retomber dans le jeu de la
séduction. Tout cela devenait clair dans ma tête, dans mon
cœur et dans mon corps.

— Approche-toi, Rachel. Donne-moi la main.

— Non, Philippe. Je ne peux pas…

— Oui, tu peux me donner la main et tu le sais très
bien.

Rachel m'a regardé droit dans les yeux pour la première
fois. J'y lisais la panique qu'elle tentait de dissimuler. Je
savais qu'elle faisait de grands efforts pour se contrôler :
j'exigeais beaucoup d'elle. En me donnant la main, elle ferait
un premier geste gratuit, un geste tendre, un geste d'accueil.
Mais ses doigts se crispaient, refusaient de s'abandonner, de
rencontrer ces autres doigts chaleureux, vivants.

— Viens, Rachel, n'aie pas peur.

Elle s'est avancée en tremblant. Si elle acceptait de me
tendre la main, cela signifiait qu'elle voulait s'en sortir.
Était-elle prête à poser les actes qui la conduiraient vers
une véritable relance ? Ou préférait-elle vagabonder de
nouvelle amante en nouvel amant toute sa vie de peur de

se retrouver face à elle-même, devant un grand vide ? Tout avait été poussé dans l'oubli : ce qu'elle était, ce qu'elle désirait et ce qu'elle aimait, y compris Marie-Jo, cette femme dont elle était follement amoureuse.

— Non, Philippe, je ne te donnerai pas la main. Je ne veux pas de ton aide. Tu ne m'aimes pas. Tu m'analyses, tu veux me pousser à bout, tu ne penses qu'à toi, qu'à ton fantôme de père, qu'à ton bateau.

— Rachel, calme-toi. Tu...

— Non, je ne me calmerai pas. Tu en sais trop sur moi...

Rachel m'avait tout raconté par bribes. Et j'avais compris le reste patiemment, à force de la regarder. Je la devinais, ça lui faisait peur. J'avais perçu le gouffre béant au fond de ses yeux, celui-là même qui l'aspirait avec la force d'une tornade. Je ne pouvais lui tendre la main plus longtemps : elle était capable de m'entraîner pour éviter de se retrouver seule à vivre à petit feu.

— Tu as raison, Rachel, j'en sais trop sur toi, vraiment trop !

Alerté par notre discussion, le docteur Henri est entré et a fait signe à Rachel de quitter les lieux. Son patient avait besoin de repos. Se doutait-il que Rachel commençait une longue convalescence et que le moindre virus risquait de l'achever ?

Comme s'il lisait dans mes pensées, le docteur Henri a pris Rachel par les épaules et l'a conduite doucement à l'air libre. Je la vois encore mi-femme mi-enfant dans les bras de cet homme de stature athlétique, à peine grisonnant. Rachel redevenait *l'étrangère* qui avait parcouru mes dunes alors que tous les touristes avaient déserté les Îles.

Quand j'ai demandé à Martin si Rachel lui avait parlé de moi en se rendant à l'aéroport, il m'a répondu, tristement :

— Tu sais, mon gars, je pensais que cette femme-là était différente de ma promise… Guéris vite, on a des filets à réparer avant le printemps !

RACHEL

Intercalaire 5

*L*es vents de chimère tracent mon exil sur le sable de la dune qui ne retient plus mes pas. Les herbes s'inclinent dans la nuit noire. Je n'ai désormais que mes pieds pour me guider vers ces lieux inédits où je devrai côtoyer des êtres farouches et hostiles. Toutes griffes dehors, ils gravent déjà leurs signes démentiels sur ma peau desséchée. Jamais je ne pourrai les dompter avant de m'évader.

Au creux de la nuit, je cherche une épaule sculptée par la mer, une épaule où je pourrais m'assoupir pour l'éternité.

Le ressac me ramène à mon exil. Me voilà expulsée de la grotte, accrochée à un récif aussi dangereux qu'un sexe dressé pour l'attaque. Je m'y agrippe à pleines mains. Seule ma tête y trouve appui. Mes mains tremblent de froid à son contact et mon ventre se déchire à chaque mouvement de la mer. J'essaie pourtant de me blottir contre ce croc nocturne, porteur de naufrages et de légendes.

Épuisée, je lâche prise.

Existe-t-il, Marie-Jo, cet univers moelleux où l'on peut se blottir l'une contre l'autre en inspirant l'air salin ?

La peur au ventre, je grimpe la falaise pour retrouver mon équilibre. Des pans du rocher s'effritent au même rythme que tombent mes poursuivants. Mon sang marque les escarpements, les courbes et les détours de mon évasion. Je dois atteindre le haut de la falaise avant le lever du jour, avant que les fantômes de la nuit me hantent encore telles des bêtes inassouvies.

Je compte le nombre d'étrangers auxquels j'ai échappé en me demandant si ma route allait toujours être aussi habitée. Devrais-je vider les lieux des indésirables qui se fixent toujours à mon corps trop léger pour les supporter ?

Je me blottirai au creux de ton épaule, Marie-Jo, comme avant, avant mon exil.

VI

CHARLES

Chasse, chasseur, chassé

Encore la veille, les chevreuils dévoraient le maïs et les pommes que moi, Charles le pourvoyeur, je leur apportais depuis la fin de l'été. La saison de la chasse au cerf de Virginie ouvrait le lendemain, le 30 octobre, au lever du soleil : il ne me restait qu'à téléphoner à Marie-Jo pour l'inviter à dîner le lendemain, puis à passer chez Rachel pour la supplier une dernière fois de venir s'asseoir avec moi dans la cache double que j'avais construite et installée avec Hébert, mon guide de chasse. S'il le fallait, j'étais même prêt à troquer ma carabine contre un appareil photo.

Hébert savait de quoi il parlait : toute sa famille, hommes et femmes, chassait depuis des générations, et ils mangeaient du chevreuil, de l'orignal, du caribou, du lièvre et de la perdrix tous les ans. Pour lui, le rituel de la préparation de la saison comptait autant que la chasse elle-même. Cette année, il m'avait conseillé de m'installer un mirador, une plate-forme fixée aux arbres à environ huit mètres du sol, et de nourrir les chevreuils dans une mangeoire à portée de carabine. L'an prochain, si j'étais prêt, il m'initierait à la chasse fine, en déplacement, celle qui exige davantage : connaissance du territoire, des vents, des habitudes des chevreuils et du tir à la carabine. Plus tard encore, je pourrais chasser à l'arc, si je devenais un vrai passionné !

Je m'étais procuré des vêtements de camouflage assez chauds pour rester immobile dans la cache durant des heures. Je les avais lavés dans un savon anti-odeurs et remisés dehors dans des sacs de plastique remplis de sapinage. Hébert m'avait bien défendu de déjeuner chez Sonerco pour ne pas sentir les œufs, le bacon et la cigarette. Je me demandais si Rachel allait accepter de se doucher avec mon savon spécial et d'endosser des habits aussi laids !

Sur le chemin des Pères, en revenant de mon territoire de chasse, j'ai croisé Jeanne au volant de la camionnette de Jouvence. Elle ne m'a pas salué. D'ailleurs, elle ne m'a pas adressé un seul mot depuis ma première nuit d'amour avec Rachel dans les Chic-Chocs.

Quelle nuit ! Jeanne n'avait pas dû fermer l'œil un seul instant. Tout s'était déroulé mieux que je ne l'avais imaginé : Rachel m'avait dit, entre deux orgasmes, que ça faisait longtemps qu'elle désirait faire l'amour à un homme sportif et intelligent comme moi, mais que son aventure avec Jeanne l'en empêchait. Pour peu de temps encore, m'avait-elle confié, car elle en avait assez de protéger cette coureuse des bois toujours hantée par son fils. De plus, elle m'avait dit dans un éclat de rire que Francis faisait mieux l'amour que sa mère, qui manquait de passion. Jeanne, ayant entendu tout cela, avait attendu jusqu'au petit matin avant de quitter le chalet : elle voulait que Rachel sache qu'elle était là, épiant notre conversation. Elle s'était donc adossée à notre porte de chambre et, lorsque Rachel était sortie pour aller aux toilettes, Jeanne lui avait cédé le passage en la dévisageant de la tête aux pieds, comme si elle avait voulu graver le visage honteux de Rachel dans sa mémoire pour l'éternité. Pas un mot entre elles, qu'une lutte des regards.

Jeanne n'a jamais remis les pieds à la Clinique par la suite. Ni Rachel ni moi ne lui avons parlé. J'ai cependant appris qu'au lieu de retourner au Yukon comme je l'avais souhaité, elle s'est présentée à l'Auberge de Jouvence où elle a été engagée comme guide en forêt. Elle doit sans doute y attendre son fils, espérant contre toute évidence qu'un jour je lui raconterais notre histoire, du moins les épisodes que j'ai vécus avec lui.

Dès que j'ai stationné la voiture, Rachel est sortie du chalet en levant son verre :

— À ta première saison de chasse, mon homme ! Que la chance du débutant t'accompagne...

— Et toi, tu viendras avec moi ?

— J'y réfléchis...

En entrant dans le chalet, j'ai découvert un véritable salon de chasse dans la cuisine : une revue ouverte sur les gros gibiers abattus par des femmes, une combinaison semblable à la mienne, un couteau bien affûté, un harnais pour s'accrocher à l'arbre et deux dossards rouges, au cas où j'aurais oublié de m'en procurer un. Quand il s'agissait de sécurité en milieu naturel, Rachel respectait les règlements à la lettre ! D'un air taquin, elle m'a annoncé :

— Demain matin, j'irai à la chasse avec toi à une condition : je prendrai ma carabine.

Je n'étais jamais au bout de mon étonnement avec Rachel. Elle avait réussi à convaincre Hébert de lui prêter une arme et de lui montrer à bien s'en servir au champ de tir, mais comme il manquait de temps, sa sœur s'en était chargé. J'étais heureux et inquiet :

— Et sa sœur, tu l'a dédommagée comment ?

— Ne t'inquiète pas : elle attend son cinquième enfant et son mari l'adore. Rassuré ? Et puis le frère de Marie-Jo m'accompagnait.

— Tu me l'as déjà présenté, non ?

— C'est un professeur de comptabilité à l'Université
Laval. Un individualiste égocentrique qui ne pense qu'à
ses recherches. S'il avait des enfants, ils seraient orphelins
dès leur conception. Un original, quoi !

Nous sommes allés nous coucher, aussi excités l'un que
l'autre. Je crois que le défi et le changement attiraient
Rachel dans cette aventure bien plus que la chasse pro-
prement dite. Cette soif de nouveauté de Rachel exigeait
toute ma vigilance : je tentais de me renouveler constam-
ment pour plaire à mon amoureuse, mais je pressentais
qu'il y aurait une fin à cette relation qui pourtant m'eni-
vrait. J'étais devenu amoureux fou. Dire que, au printemps, quand je faisais l'amour avec Rachel, je ne pensais
qu'à me venger de Jeanne !

Le réveil a sonné cinq fois sur ma montre avant que je
l'entende ; Rachel achevait de préparer le déjeuner : jus de
pomme, pain au maïs et pomme à croquer dans la voiture.

— Hébert m'a dit de me méfier des odeurs...

— Tu exagères !

Sur le chemin des Pères, il y avait beaucoup de voitures
en cette fin de nuit. Tous les chasseurs allaient prendre
possession de leur territoire et traquer silencieusement le
gibier. Nous voulions tous nous installer avant le lever du
soleil pour profiter de l'aurore : les chevreuils venaient au
mirador surtout le matin et en fin d'après-midi. Dans la
noirceur, j'imaginais le lac Memphrémagog sur notre
gauche et, au loin, l'abbaye de Saint-Benoît-du-Lac et le
mont Owl's Head à l'arrière-plan. J'adorais cette région
aux mille points de vue.

Je partageais un riche territoire avec cinq autres ap-
prentis qui, eux aussi, y avaient installé leurs caches. La
terre appartenait à Hébert qui, pour un montant forfaitaire,
nous transmettait sa passion en plus de nous fournir les
lieux de pratique de notre nouvelle activité. Il gagnait sa

vie ainsi depuis que les citadins voulaient renouer avec une tradition oubliée et que les panneaux interdisant la chasse s'étaient multipliées.

Au stationnement, quand j'ai vu Rachel dans sa combinaison verte et brune à motif de branches d'épinettes et le voile de sa casquette recouvrir son visage, je n'ai pu m'empêcher de lancer :

— Si on se mariait, ma toute belle...

— Tu veux ma mort ?

— Je suis un chasseur...

La tristesse dans l'âme, j'ai sorti ma carabine de son étui, j'ai mis des balles dans mes poches et je suis parti. Rachel me suivait à la trace, aux aguets. Avait-elle peur que je me retourne et fasse feu ?

En grimpant aux branches de l'arbre vers notre plateforme, j'ai entendu du bruit, des pas, puis plus rien. J'étais certain qu'au moins un chevreuil viendrait se ravitailler à notre mangeoire. Parce que j'étais follement amoureux, j'avais cédé à Rachel le privilège de tirer la première. Mon appareil photo dans la poche, j'étais prêt à immortaliser la bête, même si elle s'enfuyait à toutes jambes. J'ai quand même armé ma carabine : je n'aurais pas toléré qu'un chevreuil blessé puisse s'échapper et, là-dessus, Hébert et sa sœur avaient été clairs :

— Tirez si vous êtes sûrs à cent pour cent, sinon, attendez.

Le soleil se levait derrière la butte, nous avons ouvert nos manteaux, gardant nos foulards verts noués. Puis, tout à coup, des pas ont fait craquer les feuilles. Rachel m'a pressé le bras : nous étions assis côte à côte, respirant au diapason. Les pas se rapprochaient : le chevreuil marchait, s'arrêtait, puis changeait légèrement de direction. J'ai aussitôt rangé mon appareil photo, préférant utiliser mon arme. Hébert m'avait bien dit de ne même pas cligner des yeux quand la bête se pointerait : je retenais mon souffle, carabine en joue. Un autre son a croisé le premier : Rachel se tenait immobile, le cœur battant à tout rompre. Je la regardais fixer la mangeoire : un filet de vent balayait son voile. Je l'aimais comme cela, à l'affût, chasseresse jusque dans l'âme. Que j'étais heureux d'être sa prise, son gros gibier comme elle dirait sans doute, juste pour me prouver que c'était elle qui avait traqué le brillant stagiaire ! Je la laisserais vivre ses fantaisies, heureux d'être son collègue, amoureux et amant, allant jusqu'à reléguer Jeanne aux oubliettes. Avec Rachel, j'existais pleinement.

Deux chevreuils pointaient leurs oreilles vers nous. Rachel attendait, fébrile, qu'ils s'approchent davantage. Le plus jeune a bondi jusqu'aux grains de maïs arrosés d'un sirop de pomme dont seul Hébert avait la recette. La mère a suivi, moins impulsive. Nous n'avions pas le droit d'abattre de faons ni de biches, que des bucks dont les bois mesuraient au moins sept centimètres. Rachel n'a pas pu s'empêcher de tourner la tête vers moi pour vérifier si j'étais aussi attendri qu'elle par cette scène : un jeune du printemps, encore tacheté de blanc, s'empiffrait de maïs sous l'œil protecteur de sa mère !

Nous sommes restés complètement immobiles, même après leur départ. Nous voulions prolonger la magie de cette scène, si bien que Rachel m'a retiré ma casquette et a découvert, sous ce camouflage, celui qu'elle voulait pour père de son enfant. D'un geste tendre, mais non équivoque, j'ai déboutonné sa combinaison et plongé ma main dans ses poils humides. L'image du faon me fascinait autant qu'elle : j'étais le cerf en rut et en mesure de le prouver ! Rachel s'est tournée vers moi, m'embrassant en cherchant de sa main libre mon pénis, qui ne demandait qu'à sortir de mes habits. Un grand frisson émergeant de mon sexe au contact de ses doigts agiles m'a électrifié le corps : j'ai pris appui sur ses seins avec ma langue et une main, l'autre étant prisonnière de sa vulve qui allait et venait déjà vers moi. Sans plus attendre, j'ai sorti mon pénis de sa cache et, du haut du mirador, je l'ai enfoncé en elle, aussi loin que me le permettait le désordre de nos ancrages et de nos vêtements à demi défaits. Je savourais son haleine de pomme, à mon tour sur son corps déployé, oscillant au gré de nos désirs. Puis, comme si l'enchevêtrement de nos membres devait être complet, nous avons roulé sur le côté, incapables de bouger autre chose que nos sexes. Dans un grand cri de chasseur, j'ai éjaculé avec force, projetant très loin mon liquide en Rachel qui me recevait avec la même fougue, basculant le bassin pour s'emplir davantage de plaisir et de semence.

❑

Ce qui m'inquiétait, pendant que je me rendais au Café-Croûte Ma Gogue, un petit restaurant sympathique où j'avais donné rendez-vous à Marie-Jo, c'était l'impression encore diffuse que mes fonctions de directeur adjoint, d'amant et de père, sans doute indissociables, tiraient à leur fin. Je déduisais cela des ruptures de Rachel avec Francis, Maude, Jeanne, Marie-Jo et tous les autres, hommes ou femmes, qu'elle devait séduire durant ses fréquentes absences non justifiées. Moi, Charles le naïf, j'espérais Marie-Jo bavarde à ce sujet, car, malgré ce que je savais, j'étais devenu obsédé par Rachel, surtout après cette invraisemblable matinée de chasse. Elle devait vivre avec moi: je ne la laisserais pas m'abandonner comme l'avaient fait toutes les femmes de ma vie, à commencer par ma mère. S'il le fallait, j'irais jusqu'au bout.

Pourquoi diable Marie-Jo, une aussi belle femme, était-elle lesbienne? Voilà la question un peu bête que je

me posais, comme tous les hommes j'imagine, en la
voyant s'approcher de moi, anorak au bras. Ses cheveux
blonds, délavés par le soleil, et sa démarche athlétique
faisaient bondir ses seins à chaque pas, ce qui m'excitait
terriblement, au point que je suis resté assis, n'osant me
lever à cause de mon jean devenu trop serré. J'adorais les
filles sans soutien-gorge, c'était plus fort que moi. En
Europe, j'étais mieux servi, autant à la ville que sur les
plages.

— Merci d'être venue, lui ai-je dit en lui offrant une
bière.

— Ça tombait bien : j'ai fini la première version de mon
mémoire ce matin.

— Bravo! Moi, je commence à peine à mettre de l'ordre
dans mes recherches...

— ... de doctorat! a-t-elle enchaîné, admirative.

Nous avons parlé études, universités, bourses, tri-
mestres, rédaction, en somme, de tous les sujets qui nous
unissaient sans nous compromettre. Puis, hésitante, elle
m'a demandé des nouvelles de Maude.

— Elle n'écrit jamais, lui ai-je répondu, c'est contre ses
principes. Mais elle doit être encore en Bretagne, son
contrat n'est pas terminé.

— Tant mieux! a-t-elle répliqué, mal à l'aise.

— C'est elle qui t'a volé Rachel?

— Oui et non. Rachel désire un enfant, tu le sais. Que
veux-tu que j'y fasse? Je suis une femme!

— Ça, je l'avais remarqué!

Elle n'a pas relevé ma réplique d'homme mal à l'aise
devant la seule femme qui, à ma connaissance, avait vécu
en couple avec Rachel. Ce qu'elle ignorait, c'était l'émoi
qu'elle provoquait en moi. Pourquoi fallait-il que je sois
attirée par des lesbiennes?

— Sais-tu pourquoi j'ai accepté ton invitation?

Marie-Jo allait m'avouer quelque chose d'important, j'en étais certain, à la façon dont elle tortillait sa serviette de table. J'ai voulu l'épargner, mais elle a insisté :

— Tu ferais un bon père pour son enfant. Je te connais seulement de réputation, mais j'ai de l'intuition.

Et voilà ! Le géniteur venait de faire son entrée dans le monde merveilleux du faon à venir. Après tout, le mâle n'était-il pas polygame chez le cerf de Virginie ? Et le petit ne suivait que la biche... Non !

— Marie-Jo, j'aime Rachel. Je veux vivre avec elle et nos enfants. En famille. Comprends-tu cela ?

— Du calme... Je ne veux pas d'enfant !

Marie-Jo n'a pas apprécié la tournure de notre conversation. Elle avait rompu avec Rachel depuis plus d'un an et elle tentait d'effacer cette période qui, malgré elle, resurgissait contre son gré. Sa spontanéité l'avait entraînée trop loin : en acceptant mon invitation, elle n'avait pas deviné que je voulais lui demander de bénir notre enfant à venir !

❑

La journée même, je suis retourné à la chasse vers trois heures, seul. Quand j'ai entendu des pas, le buck était à quelques mètres de la mangeoire. J'ai tiré une seule balle, visant le haut de sa patte de devant, lui trouvant le cœur. Puis j'ai téléphoné à Hébert, avec le nouveau cellulaire de la Clinique, et il est venu me montrer comment évider la bête.

Vers dix-neuf heures, je suis arrivé chez Rachel sans avertir. Je sentais l'eau de Cologne et j'apportais le souper : du foie de chevreuil aussi frais que possible. Mais il n'y avait personne au chalet. Déçu, je me suis arrêté à la Clinique ; sur mon bureau, elle m'avait laissé une note : « Charles, je serai absente pour dix jours. Choses personnelles à régler. Je

reprendrai la Clinique en main dès mon retour. Fais patien-
ter les créanciers. » Pas de mot gentil, pas de signature. Uniquement la sécheresse d'une fin de relation où, dans mon
délire, j'avais imaginé Rachel amoureuse de moi. Aucun embryon ne pouvait prendre racine dans son ventre vide.

Être abandonné par les femmes, tel était mon destin.

RACHEL

Intercalaire 6

Tel un tueur, le vent enjambe mon corps enfoui dans le sable humide. Je sens déjà son arme à feu sur mon crâne nu. Je devrais m'enfuir à toutes jambes pour éviter de mourir pour rien. Et pourtant je reste là, à demi enterrée par tous ces gens qui rêvent de m'abattre en pleine tempête d'eux-mêmes. Est-ce un cauchemar, Marie-Jo, ou mon délire qui s'accentue sous l'œil de l'enfantement ? D'autres hommes vont-ils se lever, complices de ma propre nuit ?

Je fais le vide de toi, Marie-Jo, et je deviens plus légère à chaque pas arraché à mon errance.

Mes créanciers, ces amoureux fidèles, érigent des barbelés autour de leurs nids douillets. Ils m'arrachent mes souvenirs un à un, attendant que je leur dise : « Je vous ai quittés parce que je vous aimais » et ils s'en retournent à leur dimanche, alors que moi, désinvestie de mes amours, je tombe comme une carapace vide rejetée par la mer.

Ai-je perdu toutes ces années à piétiner face au vent, esquivant toujours l'ultime tête-à-tête, celui où tu aurais été, Marie-Jo, mon seul amour ?

Éviter les détours, les sentiers, les ombres de la nuit, les traverses, les femmes aux seins ronds, les ruelles, les amours illicites.

Combien de parfums de femmes et d'hommes ai-je respirés avant de me retrouver ici, chassée comme un requin ? Pourquoi m'avoir invitée en ces lieux interdits aux nomades ? Savaient-ils, ces amantes et amants, que, sans eux, je serais déjà morte ? Jusqu'où vont-ils me demander des comptes pour m'avoir sauvé la vie ?

Mon pied a glissé dans un trou, émettant un cri d'os à peine perceptible. Tel un oiseau déplumé, nu, je tente de survivre aux saisons de moi-même. De toutes mes forces de femme, je me débats pour échapper au délire, au désir de te caresser, Marie-Jo.

Et je gèle à rebours dans la nuit noire de mes gestes défunts.

VII

JEANNE

Entre deux mères

— Jeanne, es-tu libre vendredi ?
— Tiens, Charles... Le vendredi 3 novembre ? Je serai
au mont Pinacle.

— Avec des clients ?

— Non. Rendez-vous à neuf heures au pied de la paroi.

En raccrochant, j'ai compris que Charles voulait me
parler. Pour la première fois depuis des mois, il rompait le
silence. J'avais espéré son appel tout l'été, toujours prête à
lui raconter mon histoire, mais il s'était follement épris de
Rachel. Je n'avais alors qu'à attendre leur rupture, inévitable, puisque Rachel était incapable de s'attacher à qui
que ce soit. Je revivais par bribes la terrible nuit où ces
deux amants m'avaient prise en otage. Je n'avais pas été
surprise de leur méchanceté, mais le découragement qui
avait suivi cette nuit-là m'avait fait reculer de bien des
années, me ramenant au moment où je m'étais terrée dans
un refuge pour panser mes blessures. Lorsque j'avais été
engagée à l'Auberge de Jouvence, un centre de vacances
près de chez moi, le directeur, un homme sensible et compréhensif, avait accepté que je loge à l'Étape, une petite

cabane en bois rond au bord du lac Stukely, à un kilomètre de l'Auberge. Je vivais donc là, dormant la plupart du temps à la belle étoile, d'autant plus que Jouvence était fermé pour un mois, à cause de travaux de rénovation. Le directeur ne me demandait rien, me laissant seule dans cette nature salvatrice. Il s'attendait par contre à ce que je sois en forme et disponible à la mi-mai pour recevoir les premiers clients, des gens en réunion. Je devais m'occuper de leurs loisirs, les inciter à profiter de l'environnement exceptionnel de Jouvence, au nord du parc du Mont-Orford, pour qu'ils ne croupissent pas derrière leurs agendas-ordinateurs-cellulaires !

Tout l'été, je m'étais fait violence : j'aurais tellement voulu reprendre contact avec Francis, mais je ne pouvais lui téléphoner en disant : «Bonjour, Francis, c'est ta mère...» Alors je composais inlassablement le numéro de téléphone d'une agence de voyages pour acheter un billet aller seulement pour Whitehorse, mais je raccrochais toujours avant d'obtenir une réponse. Ne me restait plus qu'à attendre : cela, je savais le faire ! Mais attendre quoi au juste ? Que Francis repasse par Magog l'hiver venu ? Que Charles se transforme en gentil garçon doué du sens du pardon ? Que Rachel me raconte son aventure avec mon fils ? Non, j'attendais, c'est tout. Christian, mon psychiatre et ami, me répétait toujours de laisser le temps prendre successivement les formes de torrent, de chute, de rapide, de méandre, de lac et d'étang avant de faire un geste important. Je suivais donc les conseils qu'il m'aurait prodigués s'il avait été au Québec.

Lorsque Marie-Jo était passée me voir au début de l'automne, mal prise, car Rachel ne lui donnait que quelques jours pour se reloger, j'avais accepté de l'héberger à la maison de campagne de l'ami de Christian, mais à la condition qu'elle ne me pose aucune question. J'avais quitté l'Étape : le lac était redevenu calme.

L'appel de Charles survenait au moment où l'on annonçait un redoux, ce qui éviterait que les premiers jours de novembre, qui avaient laissé de la neige au sol, n'attirent l'hiver prématurément.

Le rocher gris et froid du mont Pinacle se dressait devant moi, immuable. Chaque fois qu'à ses pieds je sortais mon équipement d'escalade, j'avais l'impression que ma liberté pouvait être entièrement contenue dans les cordes, les sangles, les coinceurs et les mousquetons qui me protégeaient de la chute libre! Lorsque j'enfilais mon beaudrier-cuissard et que j'effectuais mon nœud en huit au bout de la corde de cinquante mètres, je croyais au miracle. Si la vie ne tenait qu'à un fil, moi, j'étais solidement attachée à ce fil et ce fil retenait mes espoirs. Nous allions grimper La Classique, une voie intermédiaire de cent cinquante mètres avec vue plongeante sur le lac Lyster. J'avais choisi cette voie, car je n'avais pas encore évalué l'expérience de Charles en varappe. En revanche, je me doutais qu'un gaillard de vingt-cinq ans qui avait vécu au moins une douzaine d'années au massif du Nid de l'Aigle avait forcément été initié à l'escalade de rocher.

Charles s'est pointé à l'heure juste, avec un sac léger. Tout son matériel venait de Suisse : je reconnaissais les marques, les couleurs et les tissus qui avaient nourri mes plus grands bonheurs. J'ai alors pensé à Bernard, qui avait à peu près le même âge quand je l'ai rencontré, fier d'être promu guide de montagne et, peu de temps après, père de nos jumeaux. Tous ces souvenirs avaient été emportés par l'avalanche !

— Tu ouvres la voie, Jeanne ?

— Oui, je me sens d'attaque !

— J'avais remarqué, à cause de ton silence…

La première longueur de corde nous gardait dans l'ombre. Ce n'est qu'après avoir dépassé les deux murs fissurés que nous avons repris pied sur un bloc de roche. C'est là que Charles m'a relayée, heureux de grimper la prochaine longueur en premier de cordée. Il devait effectuer une traverse délicate en longeant une fissure friable dans laquelle il a installé tant bien que mal ses ancrages. Rendus au relais, une vire permettant à peine à deux conifères et à deux adultes de s'entasser, nous avons mangé des noix et bu un thé au miel.

Les pieds dans le vide, je fixais un couple de faucons pèlerins qui s'étaient installés dans la montagne, malgré la menace d'extinction qui s'était abattue sur eux. Ils tournaient dans le vent et effectuaient parfois un piqué vers la forêt, entre la paroi et le lac. Ils nichaient un peu plus haut, à deux longueurs de corde. D'ailleurs, question de permettre à ces oiseaux rares de survivre, Pinacle avait déjà été fermé aux grimpeurs. En observant ce couple de rapaces évoluer dans le ciel malgré les problèmes que l'espèce avait rencontrés, j'ai pensé à ma vie que je compliquais pour rien. J'ai comme eux plongé dans le vif du sujet :

— Que se passe-t-il, Charles ?

— Je suis inquiet à cause de Rachel.

— Poursuis...

— Je lui ai fait un enfant qu'elle ne voudra pas garder.

— Étranges, les mères...

Charles s'est retourné brusquement, puis m'a dévisagée longuement avant de m'avouer :

— Je sais que tu aimes ton fils.

J'ai compris qu'il associait les mots « enfant », « mère », « avortement » sans ordre, oubliant le désir, l'amour, l'engagement. Il se voyait déjà père, puis victime de l'avortement de Rachel, avant même de savoir si Rachel était effectivement enceinte et enceinte de lui ! Je devinais ce qu'il ne parvenait pas encore à formuler.

— Tu as peur que Rachel se fasse avorter ?

J'injectais tout mon sang-froid de guide de montagne dans cette conversation. Que Charles aille au diable avec sa Rachel... Oui, elle se ferait avorter, et alors ? Je n'en pouvais plus de creuser et de creuser dans le vide pour ne retrouver de Francis que le nom !

J'ai atteint le relais suivant dans un temps record. J'avais besoin de retrouver mon rythme sur le roc qui me ramenait toujours à moi-même. En escaladant les passages difficiles, je me concentrais sur chacun de mes mouvements. Si je déplaçais un pied, je savais d'avance où j'allais le poser. Mes yeux précédaient mes membres. J'anticipais ma progression à tel point que j'oubliais tout, surtout Rachel. J'étais libre d'évoluer à ma façon sur le rocher, mon refuge.

C'est Charles qui a ouvert le petit passage délicat de la dernière longueur. Il fallait faire trois pas dans la fissure horizontale, puis un quatrième beaucoup plus à droite pour saisir le pic à bout de bras et, de là, quitter le surplomb pour le contourner vers la gauche. Et tout cela, en retenant son souffle tellement ce fameux passage devenait aérien ! Malgré ma difficile conversation avec Charles, j'avais gardé tout mon enthousiasme sur le rocher : le moindre pas vertical m'excitait.

Même si je ne m'inquiétais pas le moins du monde pour sa vie, que je ne prenais pas au sérieux ses amours, j'ai quand même demandé à Charles depuis quand Rachel était enceinte.

— Elle n'est peut-être pas enceinte, mais si elle l'est, elle ne voudra pas le garder...

— Duquel des deux veut-elle se défaire ? De toi ou de l'embryon...

Tout le matériel entrait dans nos sacs à dos sauf la corde. Je la portais en bandoulière, par habitude. Nous sommes revenus en descendant la montagne par le sentier abrupt en glissant dans les feuilles mortes à pleine vitesse.

Rendus à la croisée des sentiers, nous avons dépassé des randonneurs qui nous ont félicités d'avoir grimpé les cent cinquante mètres de rocher sans avoir peur... Mais nous avions des peurs bien plus grandes que celle de fouler le sol vertical : le rocher nous révélait toujours nos limites, celles de nos vies.

Un peu plus loin, sur une table de pierre, nous avons sorti nos lunchs. La conversation devait se poursuivre : ou Charles se confiait ou je lui fermais définitivement ma porte. Ma détermination me guidait désormais, implacable.

— Alors, Charles, lui dis-je en me faisant violence, vas-tu enfin me parler de toi ?

— De moi ?

Il hésita, puis soudain il lança :

— La première chose que tu dois savoir, c'est que je m'appelais François. Dès mon arrivée dans la maison des Romanans, j'ai dû porter mon deuxième nom, Charles, ainsi qu'en avait décidé Bernard, pour éviter toute confusion avec le prénom de son fils, Francis. Nous avions le même âge : douze ans. Il ne fallait pas que les gens du village nous considèrent comme des jumeaux, enterrant ainsi la petite Véronique une seconde fois.

Avant même que Charles puisse reprendre son souffle, je l'ai incité à poursuivre, sachant déjà que son histoire valait bien la mienne ! Je n'ai pu retenir mes larmes de mère qui me rapprochaient de l'enfant malheureux qui se cachait derrière cet homme brisé. Puis, comme j'avais coupé tous les ponts avec la Suisse, je ne savais rien, absolument rien de ce qui était advenu à Francis et à Bernard après mon départ. J'ai donc encouragé Charles à poursuivre son récit, sachant que j'en sortirais plus blessée que je ne pourrais le supporter. Mais je voulais quitter définitivement la grande noirceur qui m'habitait encore.

— Francis avait dix ans lorsqu'il a perdu l'usage de la parole, précisément au moment où tu es partie. J'étais atrocement seul, malheureux dans la maison que tu avais désertée, qui respirait la mort. Alors, je me taisais. Mais devant ta photo au-dessus de la cheminée, je te lançais mille fois par jour : « Jeanne la Maudite, je te déteste ! » J'espérais que le feu s'échappe de l'âtre et te brûle pour l'éternité.

J'écoutais toujours Charles, découvrant à son timbre de voix qu'il n'avait jamais eu personne dans sa vie pour partager sa terrible histoire. J'étais paradoxalement la première à qui il se livrait, sans doute parce que nos chemins s'étaient croisés, tout simplement, me disais-je.

— Francis me suivait partout, sans un mot. Les premiers mois, je l'ai laissé faire, croyant qu'un jour il en aurait assez. Mais non ! Alors, un soir que nous étions seuls à la maison, je l'ai entraîné dans le salon, l'ai placé devant ta photo, puis je lui ai dit de répéter après moi : « Je te déteste, maman. Pourquoi m'as-tu abandonné ? » J'ai hurlé ces paroles en lui demandant de nouveau de les répéter, puis je l'ai bousculé jusqu'à ce qu'il tombe par terre, en pleurant, et comme cela ne suffisait pas, je l'ai frappé et frappé plus fort et encore plus fort jusqu'à ce qu'un grand cri sorte du fond de son âme. Ses premières paroles ont été : « Maman, reviens, je t'aime ! » Je l'ai alors pris dans mes bras pour le bercer : mon frère Francis avait parlé grâce à moi, Charles, son presque jumeau. Le lendemain, en apercevant son fils qu'il ne remarquait à peu près jamais depuis ton départ, Bernard m'a fait venir dans son bureau et m'a battu furieusement. J'ai dû être hospitalisé. Ma mère s'est occupée de Bernard, en proie à une crise de folie, m'abandonnant aux bons soins des infirmières. Notre vie s'est déroulée ainsi, sans changements majeurs, jusqu'à mon arrivée au Québec. Francis ne sait pas que je t'ai retrouvée par hasard, toi, sa mère qu'il a tant espérée.

Charles s'est levé, lentement, puis a rempli ses poumons de tout l'air de la montagne pour crier « Toi, Jeanne la Maudite, je te déteste ! » avant de tomber dans les feuilles mortes, pleurant à chaudes larmes, épuisé.

❑

Le jour ne tarderait pas à se pointer sur l'étang des castors au pied du mont Chauve. Je m'étais levée très tôt à la maison de campagne, heureuse de faire une dernière escapade aux alentours. J'avais tout simplement opté pour le refuge de la Castorie de Jouvence, dans le parc du Mont-Orford, sachant que je pouvais emprunter un canot, me rendre à la croisée du lac Stukely et du ruisseau, puis remonter à pied le ruisseau jusqu'à sa source, un barrage d'environ trente mètres, formé de bois, de boue et de roches. En arrivant avant le jour, j'étais certaine d'entendre la sentinelle donner un grand coup de queue dans l'eau pour signaler aux autres ma présence : je devenais pour eux Jeanne l'intruse. Mais, si je me tenais immobile, je pourrais voir les castors couper et transporter du bois afin de garnir copieusement leur garde-manger avant l'hiver.

En ramassant du bois pour le feu, je pensais à mon fils, à Véronique et à Charles, ces jeunes du même âge, pour qui la vie était si dure, mais je ne ressentais plus de culpabilité. Christian m'avait beaucoup soutenue depuis quinze ans : si je voulais un jour revoir mon fils, me répétait-il, je devais être heureuse, Francis avait besoin d'une mère rétablie, disponible, qui avait assez d'énergie pour réinventer, jour après jour, toutes ces années noires.

Charles allait mieux, lui aussi, depuis qu'il s'était délivré de sa terrible histoire. Il avait décidé d'attendre avant de s'installer à Anticosti avec Hébert, son nouvel associé. Il voulait savoir si Rachel était enceinte. Il voyait un psychologue qui lui avait conseillé d'éviter de fuir sur un coup de tête, abandonnant femme et études sans réfléchir. Encore fragile, il avait correspondu par courriel avec Francis plusieurs fois par jour pour tout lui raconter, y compris notre rencontre. Je l'encourageais à se libérer de ces années de malheur pour qu'il puisse, s'il le désirait toujours, aller à Anticosti sans emporter avec lui tous les drames de sa vie comme je l'avais fait quand je m'étais installée au Yukon. Une chose était cependant très claire pour lui : là-bas, il ne serait question que de la chasse au chevreuil, de l'accueil d'Européens et de ses études de doctorat. Pas de femme, aucune femme, sauf moi qu'il avait invitée, mais je n'irais pas. Il devrait lui aussi, un jour, renouer avec sa mère, ne serait-ce que pour s'en libérer définitivement.

En regardant les derniers canards s'attarder sur l'étang, je me sentais semblable à eux : demain, je prendrais l'avion pour Vancouver. Charles m'avait offert d'aller me mener à l'aéroport de Dorval quant je serais prête. Il m'avait même prêté son cellulaire, devinant que je préférerais passer ma dernière nuit au Québec en forêt plutôt qu'à la maison de campagne. Comme cela, je pourrais l'appeler de n'importe où : il ne bougerait pas de la maison, car il devait préparer sa rencontre avec son directeur de thèse. J'étais d'autant plus choyée que Christian m'avait promis de m'attendre à l'aéroport de Vancouver. J'avais absolument besoin de lui et c'était la première fois que je lui demandais de l'aide. Il savait que j'avais rendez-vous avec Francis à Whistler le 11 novembre, jour du Souvenir, jour de mon arrivée au Québec un an auparavant. Je voulais que Christian soit présent à cette première rencontre pour que mon fils et moi-même traversions sans difficulté ce moment charnière dans nos vies. Heureux, Christian non seulement avait accepté, mais il comptait rencontrer d'abord Francis pour s'assurer qu'il était prêt à vivre nos retrouvailles. Peu m'importait l'avenir désormais, j'avais confiance en Christian, en Francis et en moi-même.

Le soleil devenait de plus en plus fort, défiant novembre, si bien que j'ai eu envie, pour la dernière fois, de faire le tour de l'île en canot. Avec mon lunch, j'ai redescendu le ruisseau à travers les roches, sans suivre le sentier. Au passage, je tentais d'attraper à mains nues des poissons, comme me l'avait montré Georges l'Amérindien au Yukon. J'avais hâte de le revoir pour lui dire que j'avais compris sa mise en garde : « Dans le Sud, il y a des bêtes sauvages qui mangent dans nos mains. » C'est en pêchant que ces paroles m'étaient revenues. Rendue au lac, j'ai mis le canot à l'eau : le soleil éclairait l'aviron de bois d'érable que j'avais taillée durant l'hiver et que j'offrirais à Christian, ce passionné de cours d'eau sauvages. En profitant du lac désert, bordé en grande partie par le parc du Mont-Orford, je m'accordais un dernier moment de véritable paix : les feuillus croisaient leurs branches en guise de salut et je m'inclinais pour leur rendre la pareille. Dans la baie de sable, un chevreuil buvait, à l'abri des chasseurs. Il me faisait penser à Charles qui serait heureux à Anticosti avec ces bêtes aussi fascinantes que délicieuses. Traversant le lac de bord en bord, j'ai fait escale au ruisseau de l'Étape, où j'ai ramassé des blocs de talc : je voulais sculpter deux skieurs presque identiques, l'un pour Francis et l'autre pour Charles, ces jeunes athlètes qui avaient survécu ensemble, grâce au ski alpin. Je voulais leur signifier, à ma manière, que je respecterais toujours leur amitié et que je les considérais comme de vrais jumeaux, car ils s'étaient choisis, envers et contre tous ! À l'île, je suis montée sur la petite falaise du côté sud pour m'étendre au soleil. J'ai dû dormir quelques heures parce que c'est le froid qui m'a réveillée. Affamée, j'ai mangé rapidement, puis j'ai sauté dans mon canot et, à grands coups d'aviron, j'ai retrouvé la petite baie d'où j'étais partie.

De retour au refuge de la Castorie, j'ai entendu quelqu'un qui fendait du bois, attisant le feu pour se réchauffer. Une fois le soleil disparu, le gel recouvrait tout d'un blanc immaculé, appelant la neige, le ski, Whistler et mon fils! Mais une intruse s'était infiltrée dans mon campement et cette fois-ci, je ne la laisserais pas s'installer dans ma vie. En m'apercevant, elle m'a crié à tue-tête:

— Mon enfant sera celui de Marie-Jo. Non de Charles.

Puis elle a pris une branche de bois sec qu'elle a cassée en deux, la jetant au feu avec rage.

— Charles ne mérite que ça: brûler. Pas question qu'il m'emprisonne dans ses amours!

Toujours sans un mot, je l'ai laissée à sa colère, pour éviter de l'attiser davantage. Changeant radicalement de ton, elle m'a avoué:

— Au moins toi, tu as eu la décence de t'éloigner au moment où notre relation tournait en rond.

Ces paroles m'ont brûlée: je n'étais pas de bois et pourtant, je devais avoir les yeux de braise lorsque je lui ai répliqué:

— Tu crois que c'est par respect que je me suis terrée après les Chic-Chocs? T'es-tu rendu compte que tu as fait l'amour avec mon fils, puis avec moi? Ce n'est pas d'un enfant que tu vas accoucher, mais du diable!

— Ça ne fait de mal à personne, faire l'amour!

— C'est pour ça que tu as dit à Charles que tu partais dix jours... Pour faire l'amour avec un autre? Et pourquoi au juste es-tu de retour une semaine plus tôt?

— Mon père vient de mourir... Tu pourrais t'informer avant de m'accuser!

— Pauvre homme... Sans doute un alcoolique, qui souffrait de la maladie d'Alzheimer en plus... Et ta défunte mère, morte en accouchant de toi, je suppose?

Rachel tremblait de colère. Elle aurait préféré que je la console, moi, une mère infiniment aimante. Mais je savais trop

de choses : la sœur d'Hébert avait avoué à Charles, qui cherchait désespérément Rachel, qu'un dénommé Fournier de
Québec, professeur de comptabilité, lui était tombé dans l'œil,
selon son expression ! J'ai donc ajouté, d'un ton sarcastique :

— Ce ne serait pas plutôt un problème de solvabilité...
de saisie probable... il te fallait un comptable qui vise
juste... qui chasse tes créanciers ?

Rachel comprenait parfaitement à quoi je faisais
allusion. Elle s'est tue, abattue. Personne ne lui avait jamais
parlé ainsi : elle faisait ses mille volontés depuis sa naissance, probablement. Mais avec moi, c'était terminé. Alors
j'ai fait bifurquer la conversation :

— Tu ne m'as pas déjà dit que tu étais devenue ostéopathe pour prendre soin des gens ?

Je l'ai scrutée de pied en cap : jambes tremblantes,
mains sur le ventre, épaules courbées, traits presque mas-
culins, yeux éteints. Où était la femme de Whistler, celle
qui détournait les regards de ces messieurs ? J'ai insisté :

— Ou tu me réponds, ou tu déguerpis, comme d'habitude, pour te réfugier dans les bras de qui tu veux, de qui
tu peux... Pourquoi changer ?

Elle était pliée en deux, perdant son assurance et son
équilibre... D'une voix faible, elle s'est plainte :

— J'ai des crampes dans le ventre...

— Qui est le père ?

Elle a mis sa main dans sa culotte : ses doigts sont
ressortis rouges sang.

— Qui est le père ?

Avec difficulté, elle s'est traînée jusqu'à la bécosse. Elle
s'est hissée sur le banc, puis le sang a coulé, lentement au
début :

— Qui était le père ?

Dans un accès de rage venant du fond de ses entrailles,
elle a hurlé :

— Le professeur de comptabilité... Oui, Simon Fournier, le frère de Marie-Jo!

Après cet aveu, j'ai enroulé Rachel dans une couverture de laine et je l'ai étendue dans le refuge, près du poêle. Pour éviter les complications, elle devait se rendre à l'hôpital, d'autant plus qu'elle saignait abondamment et risquait donc de tomber en état de choc. Il fallait l'évacuer par l'ancien chemin des diligences vers Jouvence, c'était le sentier le plus court et le plus large. Comme je ne pouvais y parvenir rapidement, sans équipement, je lui ai proposé de téléphoner à Charles : il était à la maison et il s'y connaissait en évacuation. De plus, malgré son état, elle devait le mettre elle-même au courant de ce qui venait d'arriver.

— Jamais, m'a-t-elle répondu, rassemblant toutes ses forces.

— Tiens, je te laisse le cellulaire que Charles m'a prêté. Ta seule chance, c'est de l'appeler. Ne compte pas sur moi pour te sortir d'ici.

En faisant beaucoup de bruit pour tenir Rachel éveillée, j'ai ramassé tous mes effets personnels. Avant de sortir, j'ai ajouté :

— Adieu, Rachel! Je retourne à la maison de campagne. Veux-tu que je salue Marie-Jo de ta part?

Le nom de Marie-Jo lui a donné un coup de fouet. Elle a composé le numéro de Charles ; celui-ci a compris l'urgence de la situation. Par précaution cependant, je suis restée au refuge jusqu'à ce que j'entende Charles arriver avec le véhicule tout-terrain de Jouvence et une civière. Puisque je voulais absolument les laisser seuls, entre adultes, j'ai déserté les lieux avant que Charles puisse m'apercevoir.

En longeant le ruisseau en pleine nuit, j'ai mesuré le chemin que j'avais parcouru depuis une année. Je quittais la grande noirceur du Québec pour m'ouvrir à la

blancheur étincelante de l'Ouest. Je deviendrais de nouveau guide de montagne, accompagnant les étudiants au
mont Logan. Puis j'aurais un appartement à Vancouver,
pour prendre l'avion rapidement lorsque Francis m'invite-
rait à souper dans les grandes capitales du monde, entre
deux compétitions.

J'ai dormi dans le canot, au milieu du lac : le vent m'a
doucement ramenée à Jouvence d'où je voulais téléphoner
à Charles, mais il m'avait devancée. Il n'avait pas attendu
mon appel pour me rejoindre. Ne m'ayant pas trouvée à la
maison de campagne, il était venu m'attendre sur la plage.
De là, nous sommes partis pour l'aéroport. Durant le trajet,
il m'a raconté la nuit qu'il venait de passer avec Rachel. Le
vent fouettait les foins givrés le long de l'autoroute : la
neige gagnait définitivement du terrain.

Rachel

Intercalaire 7

Hors de mon délire amoureux, Marie-Jo s'estompe au grand jour. La brume emporte tous les fœtus qui gémissent encore à mon réveil. Je tente de me lever malgré ma cheville qui crie en silence. Mes pas mal assurés me conduisent vers la mer où je me baigne pour laver ma mémoire des restes de notre enfant, Marie-Jo. Le froid m'engourdit de la tête aux pieds, éliminant du même coup mes attaches, mes souvenirs les plus cruels.

De l'autre côté du phare, les derniers chalets s'alignent comme des guetteurs. Ils semblent s'incliner vers l'eau salée alors que l'infini se trouve plutôt à tribord, là où la plage s'étire à perte de vue sans âme qui vive. Au loin, le sable cède peu à peu sa place aux rochers échevelés par les algues, puis aux falaises lisses et dures fouettées par les vagues.

En regardant droit devant, je ne peux résister à l'appel du large qui me conduira à une solitude extrême. Je serai libre de toute contrainte: ne subsisteront que mes peurs et mes désirs pour guider mon corps vers ces lieux inhabités. Avec cette idée fixe en tête, cette idée sortie de nulle part qui monte en moi comme un refrain, je quitte la mer pour atteindre les chalets. Mes vêtements humides et salés collent à ma peau desséchée. Mon ventre, aussi vide que mes bras, m'oriente vers ma dernière escale: je dois trouver des vivres. Je frappe à l'une des portes: tout est désert. J'entre et je prends ce

qu'il me faut. *Les gens m'auraient sans doute conseillé de rebrousser chemin, incapables d'obéir à l'errance, m'accusant de partir sur
un coup de tête ! Je leur aurais répondu, d'une voix assez forte pour
crever leurs certitudes, de se taire. De créer le vide en eux comme ils
l'ont fait pour moi. Mais je n'ose plus parler depuis ton dernier mot,
Marie-Jo, depuis que tu as refusé d'emprunter les chemins parallèles qui nous auraient peut-être ramenées l'une vers l'autre.*

*La brume s'étire pour prêter main-forte aux nuages en
dessinant des visages mobiles. Chaussée de bottes trop grandes,
je trace les pas de quelqu'un d'autre. Dans cette immensité, les
objets prennent corps, me rappellent les lieux que j'ai désertés
sans prévenir. Puis les courses de relais pour éviter que mes hôtes
et hôtesses ne me retrouvent et ne m'emmurent dans leurs rêves,
là où je tenais toujours le rôle du caméléon. Sous les feux de mes
amours impossibles, je fuyais déjà leurs bras solides pour m'installer dans cette contrée sauvage et pourtant mienne !*

*À chaque foulée, je me rapproche des grandes falaises qui
forment mon nouvel horizon. La marée basse me permet de gam-
bader sur les rochers plats parsemés de trous où des mollusques
s'entassent par grappes. Je refais mes réserves au fur et à mesure
que j'explore cet univers aussi imprévisible que moi. Puis, je
cherche un îlot de sable pour allumer mon feu et planter mon
abri. Sur un bloc de roche qui s'avance dans les brumes du soir,
les cormorans observent eux aussi le coucher du soleil.*

*La marée a eu le temps d'effectuer son manège avant que je
me réveille, alertée par l'eau qui monte le long de mon dos. Je me
lève en sursaut. Je ramasse mes bagages avant de me retrouver
coincée entre la falaise et les vagues qui se fracassent déjà sur mes
jambes. Je reste là un instant, debout, aux aguets : durant plus de
deux heures encore, les eaux se gonfleront. Derrière moi, aucune
issue : les blocs de roches émergent à peine sous l'écume blanche
de la mer. Ne reste qu'un mince passage droit devant pour me
conduire ou bien à l'abri sur la falaise ou bien vers des récifs
mortels. Je reprends ma route dans un état second.*

D'un geste désespéré, je ramasse un bâton à la dérive. Sur la mousse qui recouvre les rochers, je perds pied, alors je tente de m'agripper à la falaise. Mes bagages mouillés creusent mes épaules, me jettent à l'eau. Je refais surface par réflexe : mes forces se diluent dans le mouvement des vagues. Encore un pas, un geste, une chute... Si j'arrive à atteindre la pointe devant moi, je serai sauvée. Il faut y croire ! M'entends-tu, Marie-Jo ? Je cours dans l'eau jusqu'aux épaules pour regagner le sentier qui me conduira jusqu'à toi. Mes poumons se remplissent d'eau salée chaque fois que je t'appelle. Vas-tu enfin me tendre la main pour que je sorte de cette prison humide ?

Debout sur la pointe, j'aperçois une petite plage de sable sec, isolée du reste de la mer. Pour m'y rendre, je plonge encore dans l'eau glaciale qui me donne des crampes et des hallucinations tellement je suis épuisée. Dans cet espace inespéré, Marie-Jo m'attend, assise sur une bûche près du feu. Je m'approche : elle disparaît. Mes mains tremblent en retrouvant mes allumettes enduites de cire. Au troisième essai, elles lèchent enfin le bois de grève. La lumière monte dans ma nuit : je vis, ici et maintenant ! Je m'enroule dans mon sac de couchage et je mange quelques noix avant de m'endormir près du feu de bois.

Le vent longe la falaise puis s'infiltre en tourbillonnant sous la pointe. Il attise la braise qu'il répand, rouge et mortelle. Dans mon demi-sommeil, je tente de me découvrir tellement j'ai chaud mais je suis coincée. J'entends la mer qui bat la mesure de la tempête qui se lève sur les rochers. Le sable et les brindilles se soulèvent par vagues. Au moment où j'ouvre enfin les yeux, je sens une flamme me brûler les sourcils, le visage, les cheveux ; elle s'étend, veut traverser mes couvertures, lécher mes seins, mon ventre... « Au secours, Marie-Jo ! » Je roule dans le sable pour éteindre le feu qui ne cesse de me ronger du dehors au dedans. Durant une éternité, je reste là à me consumer dans cet enfer de solitude.

Je hurle ton nom, Marie-Jo, dans ma nuit rouge feu !

VIII

MARIE-JO

Revenir sans rebrousser chemin

Une semaine avant Noël, vers vingt-deux heures, Rachel est entrée en coup de vent à la maison de campagne, apportant avec elle les premières rafales de l'hiver. Je lisais *L'eau blanche* de Noël Audet, en me demandant comment on pouvait réussir à inventer une histoire pareille avec autant de vérité! C'est en voyant Rachel s'affaler sur le divan bleu sans enlever ni bottes ni manteau que j'ai compris qu'au détour les imprévus pouvaient nous transformer en personnages. J'ai quand même oscillé quelques secondes entre Rachel qui semblait avoir dérivé dans la tempête de neige et Lili, cette Amérindienne «envoûtante comme le rêve du pôle». À voir les yeux bridés de Rachel, presque masqués par la peur du vide, je devinais qu'elle avait dû quitter Charles, son directeur adjoint, son brillant chercheur, son dernier amant! Pourtant, Lili venait de dompter le sien: «Et elle crut à son tour qu'il lui manifestait un amour réel, elle n'en était pas tout à fait sûre, en tout cas une passion nouvelle, plus mordante, qui la remplissait de fierté, la fierté d'avoir conquis, couché sur son cœur, mis à sa main l'homme qui faisait trembler cet immense chantier. » Rachel avait déjà été fière, comme Lili, de son architecte qui avait conçu tous les plans d'aménagement du territoire pour la Clinique... Assez fière pour me dénigrer aux yeux de Charles! Mais avait-il cru les paroles amères de Rachel à mon sujet? Après avoir été en coulisse la conjointe et l'amante de Rachel, j'avais donc tenu le rôle de la pauvre lesbienne égoïste, incapable d'aimer un enfant. Alors ce soir, un mélange d'émotions me remontait aux lèvres. Puis Charles, qu'elle avait déjoué en abusant de mon frère, enfermé dans un individualisme monstrueux, pour concevoir un enfant de la lignée des Fournier, cela dépassait l'entendement!

Avant de replacer mon signet, j'ai regardé Rachel sans dire un mot, comme si je voulais établir d'avance mon degré de sympathie. Pourquoi devrais-je l'assister, la rassurer, la consoler dans son chagrin d'amour déjà planifié? Dirais-je à Rachel de disparaître à jamais pendant que moi je profiterais de ma première soirée de congé, seule et en paix, protégée des intrus par la poudrerie qui déferlait sur les routes?

— Marie-Jo, veux-tu m'héberger? m'a demandé Rachel en se déshabillant presque au complet devant le feu de foyer.

— Pourquoi ferais-je cela? lui ai-je répondu sur un ton glacial. Tu n'as pas été chassée du chalet comme je l'ai été à la fête du Travail, à ce que je sache!

— J'ai perdu notre enfant, Marie-Jo. Le chalet est vide... Reviens!

Ses yeux d'oiseau de proie me fixaient aussi intensément qu'aux premiers jours. J'étais encore sous le joug de cette femme que j'avais aimée, vraiment aimée. Seize mois s'étaient écoulés depuis que j'avais brûlé notre pacte, seize mois et trop de détours sur les sentiers parallèles de l'amour.

— Je n'ai pas de temps à perdre, Rachel. Que veux-tu exactement ?

— Je te l'ai dit... Que tu m'héberges cette nuit ! Puis demain, nous retournerons vivre au chalet, ensemble.

— C'est tout ?

— Non. Je t'invite à passer un mois avec moi au bord de la mer. J'ai deux billets d'avion... m'a-t-elle avoué en me tendant une enveloppe froissée et mouillée.

J'ai déposé mon roman sur la table, à côté de mon verre de cognac. Ma soirée de solitaire au fond des bois expirait entre les doigts tordus de Rachel. Encore une fois, elle me désarmait. Comment aurais-je pu me douter qu'après sa fausse couche et sa rupture avec Charles, elle viendrait me relancer jusqu'ici ? Décidément, cette femme avait le don de me surprendre !

Comme Rachel n'avait gardé sur elle qu'une camisole et une petite culotte, je lui ai suggéré de mettre mon chandail de laine. Mais elle a refusé :

— Je préfère mettre ton ensemble de coton ouaté mauve... m'a-t-elle dit en se préparant à monter dans ma chambre.

— Ne bouge pas, Rachel. Reste près du feu. Je reviens.

Si Rachel pensait qu'elle allait s'installer dans ma chambre, elle se trompait ! Je n'étais plus la petite Marie-Jo qui avait signé et caché un pacte aussi inutile qu'enfantin. Aujourd'hui, c'était un contrat avec des clauses de résiliations sévères que j'aurais signé. Rien de moins ! Qu'étais-je en train de penser... ? Un contrat avec Rachel ? Il n'en était pas question. Au contraire, je souhaitais qu'elle disparaisse au plus vite de ma vue, de ma maison et de ma vie. Je l'avais tellement aimée... Rachel ravivait mes blessures en m'offrant un billet d'avion. La trêve me faisait peur parce que je savais que je ne pourrais pas longtemps résister à ses avances. En la voyant se prélasser près du feu, assise sur le tablier de la cheminée, j'ai eu envie de la rejoindre comme avant, avant que je déterre et que je brûle notre pacte!

Je devais changer le cours de la conversation pour éviter de me blesser une seconde fois.

— Veux-tu prendre un bain de mousse, Rachel?

Parce que je désirais qu'elle sorte au plus vite de mon champ de vision, je n'avais trouvé rien de plus intelligent à lui proposer.

— Oui, j'en rêvais justement. Tu te rappelles, le fameux bain de mousse que tu as refusé le soir de la fête du Travail alors que moi, je t'attendais, te désirais?

Je regrettais ma proposition trop spontanée: Rachel et moi avions partagé tellement de bains de mousse quand nous voulions nous réconcilier après une dispute… Mais c'était avant notre rupture. J'ai donc retiré ma proposition sur un ton ironique, presque sarcastique.

— Oublie le bain de mousse, ma belle! L'eau gèle si facilement à la campagne…

Je me suis levée et j'ai rapporté la bouteille de cognac et un second verre. Il fallait que je sorte de l'impasse dans laquelle Rachel me jetait. Comment osait-elle me séduire après m'avoir traitée de…

— Et qui suis-je maintenant pour toi, Rachel Sauvé?

— Tu permets?

Rachel s'est servie. J'attendais sa réponse, incapable de jouer mon rôle d'hôtesse en même temps.

— Toi, Marie-Jo, tu es la seule femme que j'aimerai toute ma vie!

En disant cela, elle s'est rapprochée de moi en me fixant droit dans les yeux pour m'immobiliser, tel un prédateur qui hypnotise sa proie. Un grand frisson m'a aidée à sortir de ma torpeur.

— Ne joue pas avec le feu, Rachel. Tu pourrais te brûler les ailes et même devenir aveugle!

Rachel s'est retirée à la salle de bains, me laissant respirer quelques instants. Si Jeanne avait été là, elle m'aurait sauvée... Mais pourquoi étais-je aussi démunie devant cette femme? En revenant au salon, Rachel s'est installée dans la chaise berçante.

— Marie-Jo, tout ce que je t'offre, c'est un billet d'avion pour que tu prennes des vacances! Qu'en dis-tu?

— Rien. Cent fois rien. Oublie ton offre, oublie-moi.

— Jamais!

— Parce que toi tu penses, Rachel Sauvé, que le jour où tu décides de me reprendre dans tes filets, je vais me laisser faire sans me débattre? Te rends-tu compte que tu n'as pas passé un seul jour sans deux ou trois amantes et amants à la fois?

— Je t'aime encore, Marie-Jo, me crois-tu?

— Te croire... Prouve-le! Passe au moins deux semaines seule avec toi-même avant de m'offrir un vol pour l'amour!

J'étais debout devant Rachel, la défiant presque. J'en avais assez de mesurer mes paroles, de brider mes gestes. C'est pour cela que j'ai ajouté, avant de monter me coucher:

— Comment peux-tu aimer quelqu'un alors que tu ne t'habites pas? Il n'y a qu'un grand vide en toi et jamais, jamais je ne pourrai le combler, même avec la meilleure volonté du monde! D'ailleurs, j'appartiens à l'autre sexe, celui qui t'attire et que tu repousses... Bonne nuit!

Une heure plus tard, Rachel est venue me rejoindre dans mon lit. Elle a poussé l'audace jusqu'à entrer sous mes couvertures et se lover contre moi. Je me suis réveillée, tentée de la prendre dans mes bras, mais c'était trop facile... J'aurais eu honte le lendemain. Honte de m'être laissé manipuler. J'ai donc ordonné à Rachel de descendre se coucher sur le canapé, ou d'aller au diable!

❏

Chaque fois que j'entre dans un avion, j'ai l'impression de pénétrer dans un monde second, un monde où les lieux et le temps n'existent plus. À cause des vents et des turbulences qui éloignent l'appareil de la route tracée, le commandant navigue aux instruments pour maintenir son cap réel. Cela me fascine parce que, sitôt que l'avion décolle, mes pensées dérivent, déviées par les courants d'air de ma vie amoureuse. Et je me dis alors : « Pas de chance, Marie-Jo, tu ne disposes d'aucun pilote automatique pour annuler l'effet de tes perturbations ! »

Ma seule certitude : voler au secours de Rachel, l'encourager à vivre ! Mais je la sens hors de danger... Cette femme-là ne peut mourir ainsi, brûlée par le feu de grève qui devait la réchauffer, lui permettre de se rendre loin sur les sentiers de la solitude.

Victor, l'homme qui m'a appelée le lendemain du jour de l'An, m'a annoncé que des pêcheurs avaient retrouvé Rachel à demi consciente, en état de choc. Ils ont dû la transporter par voie d'eau à l'hôpital. Elle prononçait sans cesse mon nom. Pourquoi, quand quelqu'un décide d'agir, est-il souvent trop tard ? Rachel m'avait envoyé une lettre et six *Intercalaires* qui lui avaient permis de faire le point sur ses dernières relations, comme si elle avait voulu glisser entre les derniers événements de sa vie des textes pour en orienter la lecture. Du 20 au 30 décembre, elle a écrit un *Intercalaire* tous les deux jours et n'a parlé à personne : l'isolement comptait pour elle. Son ami Victor, massothérapeute depuis vingt ans, l'a hébergée à sa clinique. Il a respecté son silence. Deux semaines plus tard, quand elle m'a envoyé par courrier express ses écrits, elle croyait probablement que je volerais aussitôt à son chevet. Je lui ai téléphoné la veille du jour de l'An pour lui dire que je n'irais pas. À ce moment-là, je n'avais pas envie de m'attarder à ses états d'âme! J'adore recevoir des lettres, mais je refusais d'y lire autre chose que des balades au bord de la mer. Cela m'aurait fait trop mal d'y retrouver autant de détresse conjuguée aux traces de mon passage dans sa vie. Puis, tout a basculé le jour où Victor m'a annoncé que Rachel était aux soins intensifs. Je me suis procuré un billet d'avion à gros prix pour aller la rejoindre dans le Sud. Et là, trois jours plus tard, j'amorce un voyage imprévu jusqu'à la mi-janvier, un voyage de dix jours ou plus si Rachel ne s'en sort pas. Mais elle va survivre, guérir, je le sais. Et son visage ne restera pas marqué.

L'agent de bord, grand et blond, soupire chaque fois qu'il passe près de moi. Pourtant, j'ai presque toujours l'œil rivé au hublot. C'est bizarre, tout de même, ce qui se passe dans nos univers clos, personnels, secrets. Chacun croit qu'il protège son intimité, mais lorsque mon regard croise celui du grand blond, une complicité se crée malgré nous. Pourtant, si nous en parlions, nous détruirions justement ce rapprochement furtif: cet agent de bord vit en marge des gens, ici, dans les allées de l'avion, et moi, en marge des autres passagers qui exigent de lui un service extravagant! Pour éviter que ne s'installe la connivence, je fais semblant de dormir en me demandant si c'est toujours en répondant à l'appel du regard que Rachel, avec ses yeux d'oiseau de proie, entrait en contact avec ses amantes et ses amants.

Depuis l'intrusion de Rachel à la maison de campagne jusqu'à ce soir, les événements se sont bousculés trop vite pour que je puisse agir avec un certain recul. C'est la première fois depuis trois jours que je m'assois, libre de penser dans le désordre. Et je m'imagine mal Rachel vivant seule à son retour de voyage. Alors je pousse mon raisonnement à la limite du possible... À son retour à Magog,

Rachel va-t-elle habiter avec moi? Dans la maison de
Jeanne? Impossible: Thomas Madigan a repris possession
de la maison de campagne en janvier, son contrat de deux
ans expiré. Jeanne m'avait bien avertie: les lieux devaient
être libres. Même chose pour le chalet de Rachel: son frère
revenait lui aussi d'Afrique après les fêtes! La maison en
bardeaux de Charles? Déjà louée: il n'a pas perdu de
temps... Non, personne ne pouvait prévoir autant de mouvements, encore moins ces chassés-croisés entre nous:
Maude et Charles en planche à voile, Jeanne qui m'a donné
asile, mon frère Simon abusé par Rachel, la fermeture de la
Clinique de santé-sécurité de Magog, toutes ces incursions
dans nos vies, ces excursions dans le milieu naturel... Seul
le mont Chauve, toujours là malgré tous ces départs, ou-
bliera au fil de l'hiver les amours marginales qui nous
liaient les uns aux autres!

Nous entrons dans une zone de turbulences qui me
rassure parce qu'elle me ressemble. Quand l'avion retombe
sur ses ailes, on sent l'air dur, solide et froid. Rien à voir
avec le vide qui n'existe peut-être que dans ma vie, quand
le téléphone ne sonne plus. Les gens s'inquiètent: le déséquilibre fait peur! Les pièces de l'avion craquent, les agents
de bord s'assoient, tout le monde boucle sa ceinture. Nous
attendons que ça passe. Certains se collent à leur conjoint
ou donnent la main aux enfants. D'autres s'étirent le cou
pour voir ce qui provoque de telles secousses! Une vieille
dame dit même à son mari: «Les chemins sont pas beaux,
hein!» Et moi, qui suis habituée aux bouleversements
depuis un an et demi, je retrouve cette fragilité des hu-
mains autour de moi. Au lieu de me cramponner à quelqu'un, je m'abandonne aux mouvements instables des
fronts chauds et froids, comme je l'ai fait avec Maude,
Charles, Jeanne, Simon et tous les autres. Je ne leur en ai
jamais voulu: ce n'étaient pas eux qui avaient les guides en

main. Ni Rachel. Du moins, pas consciemment. Au fil des ans, Rachel était devenue une esclave de la séduction. Et comme tous les gens qui cherchent la stabilité en dehors d'eux-mêmes, elle s'est retrouvée de plus en plus seule à chaque rupture. C'est pour cela, j'imagine, qu'elle s'accrochait encore à moi, pour que je la soutienne entre deux envolées amoureuses! Mais je n'étais plus capable d'assumer ses carences affectives. Il fallait que je parte, que je refuse ses avances, que je la quitte pour qu'elle puisse investir en elle-même.

Ce n'est ni Maude, ni Charles, ni Jeanne qui m'ont éloignée de Rachel. Mais elle, et elle seule. Le silence qui s'en est suivi n'a été rompu qu'une seule fois, lorsque Rachel a eu peur que Charles sache qu'elle m'aimait toujours. Au chalet, à leur insu, j'ai entendu ses paroles meurtrières qui m'ont cassé les reins: «Marie-Jo? Une vraie lesbienne, une pure et dure. Pas capable de devenir mère, encore moins de faire l'amour avec un gars!» Je crois que même Charles a trouvé qu'elle exagérait. C'est à partir de ce jour-là que je me suis mise à douter de Rachel. Combien de fois m'avait-elle dénigrée pour se masquer? Les derniers mois que j'ai vécus à l'écart m'ont permis de comprendre à quel point mon ex-conjointe cimentait ses problèmes. Au lieu de s'en délivrer, elle s'emmurait un peu plus chaque jour. Cela m'enrageait quand je pensais à tous ces gens, tels Jeanne et Charles, qu'elle avait attirés puis poussés violemment dans le gouffre sans fond de ses amours. Certains d'entre eux — Célyne, par exemple — ne s'en étaient pas sortis vivants. Était-ce la même Rachel que j'allais rejoindre?

Quand je prends l'avion, c'est plus fort que moi, il faut que je visite la cabine de pilotage. Il m'est même déjà arrivé d'atterrir assise sur le petit banc, entre le commandant de bord et son assistant! Je me souviendrai toujours de la piste illuminée et du vent qui soufflait fort cette nuit-là : je me sentais privilégiée, heureuse. Cette fois-ci, encore, j'ai vu la cabine. En revenant à mon siège, j'ai remercié l'agent de bord qui m'avait présentée au commandant. Il en a profité pour m'offrir l'hospitalité à son hôtel en débarquant puisqu'il prenait justement dix jours de vacances avant de redécoller ! En me demandant si Rachel aurait accepté cette charmante offre, j'ai décliné poliment son invitation. J'ai gagé qu'il reviendrait à la charge au moins, disons, deux fois... Perdu : trois fois !

J'ai dit non à Rachel et, pourtant, je vole à sa rencontre. Le grand blond n'aura pas cette chance ! C'était quand même agréable d'être courtisée par un homme jeune et beau, faisant un métier de rêve... digne des romans d'amour ! *Une jeune lesbienne aux cheveux bouclés, couleur d'or, découvrit l'homme de sa vie à bord d'un vol inoubliable : elle abandonna aussitôt sa blonde et ils eurent beaucoup d'enfants, tous élevés par des femmes, les papas étant occupés à voler !* Décidément, je ne suis pas aussi douée que Rachel pour écrire autrement ma propre histoire. D'ailleurs, que devrais-je lire dans ses six *Intercalaires* ? Et y en a-t-il un septième à venir ? Je me sens piégée dans cet avion où un homme tente de me séduire pendant que je vais rejoindre une femme, qui fait tout actuellement pour me reconquérir. Est-elle vraiment blessée ? Pourquoi suis-je parfois si vulnérable devant Rachel ? Peut-être qu'à force de dire non, je vais finir par m'en tenir à ma décision. M'éloigner de Rachel définitivement et, après avoir terminé ma maîtrise, parcourir le monde comme Jeanne et Charles. Pourquoi vivrais-je en couple avec une femme qui se cache ?

Nous atterrirons dans une demi-heure. J'ai dormi et rêvé au bord de la mer. Tout se passait comme dans les *Intercalaires* de Rachel, sauf que c'est un grand blond qui était le narrateur. En me réveillant, j'ai senti mon corps encore gonflé de fatigue. Quand trop d'éléments quotidiens s'infiltrent dans mon sommeil, c'est signe que j'avais besoin de vacances. J'espère que Victor, le collègue de Rachel, va m'attendre comme prévu, avec une pancarte de la clinique pour que je puisse le reconnaître. Advienne que pourra...

Bagages, douane, c'est partout pareil. Mais dès qu'on passe de l'autre côté de la clôture, nous cherchons quelqu'un, un téléphone, un bureau de change, une carte, un moyen de transport, tout pour meubler le dépaysement tant souhaité.

Venu de nulle part, un homme dans la quarantaine, musclé comme un athlète, me prend par le bras en me soulevant presque de terre !

— Je m'appelle Victor.

— Et moi, Marie-Jo.

Il attrape tous mes bagages de sa main droite. Nous filons jusqu'à sa moto. Nous démarrons presque en silence... Victor a trafiqué le silencieux de sa vieille bécane !

Je ferme les yeux pour sentir l'air frais sur mon visage. Victor semble savoir ce qui doit être fait et comment. Je me laisse guider : c'est lui qui me conduira jusqu'à Rachel. C'est curieux, mais j'ai confiance en cet homme. Tout ce dont j'ai besoin, maintenant, c'est me détendre après toutes ces heures de vol. Et vider mon stress des derniers jours. Puis prendre de l'air et du soleil. Et des vacances. Aussi, retarder le moment où, inévitablement, je devrai affronter Rachel. J'ai peur qu'elle ne m'aime plus ou, au contraire, qu'elle ne me veuille qu'en coulisse, alors que moi, je refuse désormais de vivre en retrait. Vais-je vraiment perdre mon amoureuse sans avoir pu lui donner le temps de se retrouver ?

Victor reprend mes bagages d'une main, l'autre étant posée sur mes épaules, en signe d'accueil. Il marche comme un danseur. Ses muscles souples lui permettent de glisser dans l'espace et dans l'intimité des gens. Cet homme parle avec des gestes et, je ne sais pourquoi, je saisis très bien son langage.

— Voici ta chambre, Marie-Jo.

— Il y a deux lits...

— C'est aussi la chambre de Rachel.

En déposant mes bagages, Victor m'offre un massage. Il me tend une robe de chambre et me montre la salle de bains. Épuisée, j'accepte. Il m'attend, assis sur la galerie, face à la mer. Aussitôt que je sors de la douche, il m'invite à le suivre. Nous marchons dans sa clinique où dominent le bois, les fenêtres et les fleurs. Une terrasse, protégée du vent, conduit à la salle de massage.

— Couche-toi sur le dos.

Durant plus d'une heure, Victor équilibre mon énergie, enduit mon corps d'huiles essentielles et détend chacun de mes muscles. Ses mains travaillent en profondeur sur ma peau, atteignent mes zones de tension, dénouent mes fibres musculaires et, surtout, ne me quittent jamais. Je sens le calme m'envahir à mesure que son massage progresse. Le point qui me torturait la nuque depuis deux semaines fond sous ses doigts habiles. Sa chaleur s'infiltre dans mon corps : je respire enfin. La peur de perdre Rachel, ou de me perdre à cause d'elle, cesse de m'étouffer, de bloquer mon diaphragme. Je gonfle mes poumons d'air salin : je respire au rythme des vagues que j'entends et qui m'apaisent.

C'est la première fois que j'expérimente un massage. Incroyable pour une femme qui vivait avec une ostéopathe de formation ! Rachel ne voulait plus exercer ce métier. Tout ce qui l'intéressait désormais, c'était l'administration de la santé. Elle a cessé depuis plusieurs années de traiter les gens : elle en ressortait chaque fois vidée, épuisée. Recevoir plutôt que donner des soins lui convenait davantage ! Les chiffres et le personnel lui causaient moins de problèmes que les maux des clients... Si bien que, à force d'étudier, elle s'est retrouvée directrice d'une clinique qu'elle a conduite à la faillite. Victor serait doublement malheureux à la place de sa collègue.

— Maintenant, va t'habiller, Marie-Jo. Tu trouveras des bottes sur la galerie.

— Écoute, Victor, on n'a pas besoin de bottes pour aller à l'hôpital !

— On ira seulement en fin d'avant-midi, quand les traitements de Rachel seront terminés.

— Est-elle encore aux soins intensifs ?

— Non. Alors, tu t'habilles ?

J'ai l'impression que c'est à moi qu'on administre des traitements intensifs ! Victor m'a prise en otage à ma descente d'avion et, à en juger par son attitude, ça ne semble pas terminé. Il me reste quelques heures à tuer en sa compagnie avant de rendre visite à Rachel, d'y lire dans ses yeux noirs le chemin qu'elle a parcouru, les escales où elle m'a espérée. Va-t-elle m'en vouloir de l'avoir abandonnée ?

Toujours en moto, Victor et moi longeons la mer sur des sentiers tortueux, dessinés à même le sable et les rochers plats farcis d'algues. Rendus aux derniers chalets, nous nous arrêtons. Il appuie sa moto sur une galerie grugée par le sel et s'y assoit, les yeux tournés vers la mer. Sa voix vient de loin, de l'époque des contes et des légendes.

— C'est dans ce chalet que, la veille du jour de l'An, Rachel a trouvé un sac de couchage, de la nourriture et des allumettes.

Fascinée par ses propos, j'attends la suite, sans poser de questions. Il me livre l'essentiel, j'en suis convaincue. Comme je ne dis rien, il se contente d'inspirer l'air frais du large avant de poursuivre :

— Elle venait de recevoir ton appel. Tu refusais sa seconde invitation, alors qu'elle avait passé deux semaines, comme prévu, seule, face à elle-même. Ses six premiers *Intercalaires* en témoignaient. Tu les avais reçus et sans doute lus. Donc, elle s'attendait à te retrouver, à renouer avec toi comme elle le faisait avec elle-même. Mais tu as refusé son invitation, brisant ainsi ses certitudes. Alors elle est partie.

— Tu es certain de tout ce que tu racontes, Victor ?

— Regarde la mer et dis-moi : si la femme que tu aimes ne voulait plus de toi, que ferais-tu ?

— Je marcherais, moi aussi, durant des heures, seule face à l'immensité de la mer, de mon chagrin d'amour.

— Durant des jours et des nuits, Rachel a sillonné la côte, de part et d'autre de la clinique. Jusqu'aux chalets. Personne ne les dépasse : la marée haute peut nous emporter. Elle s'est aventurée au delà des chalets, sans prévenir qui que ce soit. Son instinct la poussait à vivre une solitude extrême. Elle s'était perdue de vue depuis tellement d'années que sa quête était légitime mais téméraire. Elle aurait eu besoin d'une carte topographique et d'une table des marées. Et d'un thérapeute pour l'aider à baliser son territoire.

— Tout ça parce que j'ai refusé de combler sa solitude ?

— Non. De l'aimer sans condition.

Les paroles de Victor font remonter toute mon agressivité. De quoi se mêle-t-il, cet inconnu ? Je n'ai fait que ça, aimer Rachel sans condition. Et ça m'a conduite à une relation amoureuse où se multipliaient les amantes, les amants et où se seraient multipliés, si j'avais été plus tolérante, les enfants de Rachel... Tout un harem ! Je rage. Victor n'a pas le droit de dire de telles choses. Ni lui ni personne. Je me lève à mon tour et, sans trop y penser, j'emprunte le sentier interdit. Comme la marée est basse, je marche au milieu de la baie, en ligne droite vers la falaise que je contourne pour aboutir à une petite plage jonchée de tissus et de bois à demi consumé. À l'abri des regards indiscrets de Victor, je m'étends sur le sable et je pense à Rachel, à cette femme que le feu a dévorée ici même, le premier de l'An... À cette femme que j'aime d'un amour fou.

Aussi silencieux qu'un couguar, Victor s'approche de moi et s'assoit sur une bûche, près du feu éteint. Il ne dit rien : seul son regard balaie le bois de grève noirci avant de me fixer droit dans les yeux. Je présume qu'il veut savoir si j'aime encore Rachel ou si j'ai simplement pitié d'elle. Durant les dernières semaines, il était devenu son protecteur : personne ne pouvait l'approcher tant qu'elle vivait sur son territoire. C'est pour cela que, dès ma descente d'avion, Victor m'a prise en charge avec autant de soin. Par contre, je me demande de quoi souffre au juste Rachel pour que je sois obligée de traverser autant d'épreuves avant d'aller la retrouver à l'hôpital.

Alors que je suis sur le point de le questionner, Victor me remet le dernier *Intercalaire* de Rachel. Le septième texte, en fait. Émue, je le lis d'une traite, sur les lieux mêmes de l'accident, sans lever les yeux mais en pleurant. Le papier et la calligraphie n'appartiennent pas à Rachel mais je reconnais sa manière de dire les choses. Elle a dû dicter ces pages qui m'inquiètent et me suggèrent les pires scénarios : Rachel est-elle vraiment saine et sauve ? Si oui, qu'aura-t-elle comme séquelles physiques et psychologiques ? Comme je sens la panique s'infiltrer dans mon corps, je pose une kyrielle de questions à Victor pour me rassurer :

— Rachel est-elle aveugle ? Réponds-moi, Victor !

— On l'a cru, à cause de l'infection.

— Et maintenant ?

— Elle doit garder ses pansements, mais ses yeux guériront.

— Et son visage ? Et son corps ?

— Que des brûlures au deuxième degré. Elle a souffert mais elle n'aura pas besoin de greffe. Dans six mois, les cicatrices auront disparu.

— Pourquoi était-elle aux soins intensifs?

— À cause de la déshydratation: elle était en état de choc. Et des risques d'infection.

— Et là, comment va-t-elle?

— Nous la ramènerons cet après-midi à la clinique!

Je prends une poignée de sable dans mes mains, comme si je voulais faire renaître Rachel de cette terre chaude et douce qui me caresse sous le vent. En silence, je lui jure de laisser libre cours à mes sentiments. Et, pour éviter d'éclater, tellement j'ai pesé, censuré et mesuré mes paroles jusqu'ici, je me lève et je crie, par-delà la mer:

— Je t'aime, Rachel!

Puis j'attrape la main carrée de Victor et je l'entraîne sur le chemin de l'hôpital, en cinquième vitesse. Désormais, c'est moi qui prends les rênes!

Nous faisons d'abord halte à la clinique pour troquer la moto contre la familiale. Victor conduit trop lentement à mon gré. Avant de devenir vraiment impatiente, je respire trois bouffées d'air! À ma descente d'avion, j'éprouvais des sentiments contradictoires, trop pour me rendre au chevet d'une grande malade. Maintenant, c'est plus clair. Donc, je tiens à en profiter pour remercier mon hôte de m'avoir prise en charge depuis le matin.

— Tu savais, Victor, que j'étais amoureuse de Rachel?

— À l'aéroport, tu ne ressemblais pas à une femme d'affaires!

— Sois sérieux, cher thérapeute! Merci pour tout...

— Je ne suis qu'un vieil ami de Rachel. Un massothérapeute.

— Et son protecteur...

— Elle m'a déjà rendu la pareille, il y a bien longtemps.

Avant d'entrer dans la chambre de Rachel, je serre fort Victor dans mes bras. Je puise une parcelle de son énergie : j'ai besoin de courage pour éviter de transformer cette visite amicale en scène amoureuse. Et pendant que j'ouvre la porte, mon cœur bat plus fort que l'orage tropical qui éclate au dehors. Je ne dis rien d'autre que :

— Je suis là, Rachel.

En voyant ses yeux bandés, j'ajoute sans trop y penser :

— Ne pleure pas.

J'imagine que ses larmes forment des mers noires, vides d'images. Mais Rachel me rattrape juste à temps, avant que mon esprit dérive vers des rives étrangères :

— Derrière mes pansements, Marie-Jo, mes yeux te fixent et te suggèrent des choses...

Je me penche et j'embrasse les lèvres sèches de Rachel, si bien que Victor s'éclipse, nous laissant seules, mains dans les mains. Elle me raconte ses randonnées au bord de la mer, je lui parle de la neige ! Durant une heure, nous restons là, ensemble, pas pressées de quitter l'hôpital ou de retrouver la clinique. Nous n'avons plus de maison, alors nous nous accommodons de peu. De l'essentiel : de nos gestes et de nos paroles !

En imitant les déplacements d'un aveugle, Victor ouvre doucement la porte de la chambre et vient jusqu'à nous avec la canne blanche qu'il s'est procurée pour sa protégée. En entendant les coups saccadés sur le plancher, Rachel est capable d'imaginer la scène. Elle tend la main, prend la canne et nous annonce ceci :

— Nous pouvons y aller. Je suis prête !

— Tu es sûre de vouloir marcher ?

— Fini, le fauteuil roulant. Je veux me rétablir complè-tement.

Victor est heureux. Il a réussi à convaincre médecins et infirmières que leur malade recevrait des soins appropriés chez lui et que, dorénavant, il veillerait personnellement à son rétablissement. Il a d'ailleurs déjà prévu les menus des prochains jours. Et, pour l'avoir expérimenté, je sais que Rachel devra se plier à ses exigences, question de santé, bien sûr !

À la clinique, Victor me demande d'installer moi-même Rachel dans notre chambre. Je suis surprise qu'il me cède cette responsabilité... Mais il a compris notre désir d'être ensemble, seules. Avant de partir, il s'adresse toutefois à Rachel :

— Ce serait bien que tu dormes quelques heures, avant le souper.

— Ne t'inquiète pas : Marie-Jo va y voir !

J'aide effectivement notre malade à se mettre au lit. Victor lui a trouvé un matelas répondant à ses besoins. En l'aidant à se déshabiller, je constate que le feu, en plus de marquer son visage, a atteint son cou, ses seins et son épaule gauche. Mais les spécialistes affirment qu'elle guérira complètement.

Rachel prend ma main, effleure chacun de mes doigts en m'avouant :

— Pendant que le feu me dévorait, je te voyais, Marie-Jo : tu me soulevais pour me sortir de cet enfer... Et tu es enfin là !

— Oui, je suis avec toi, mon bel amour...

Rachel s'endort comme un animal blessé qui a réussi à regagner son terrier après une terrible lutte. Je la regarde durant de longues minutes avant de sortir de la chambre : Victor m'accorde un peu plus de liberté !

Les événements se sont tellement bousculés depuis vingt-quatre heures que je file pieds nus, au petit trot, à moitié sur le sable, à moitié dans la mer. Je cours pour faire le point, pour saisir *l'appel du large* dont parle Rachel dans ses *Intercalaires*. À mesure que j'avale les kilomètres, je découvre les plages des vacanciers, le phare de la pointe, les quais, les bateaux de pêche et, au loin, les fameux chalets. Tous ces éléments de décor parsèment les écrits de Rachel, rythment ma première sortie de vacances.

Au bout d'une heure, je plonge dans un bassin naturel pour me rafraîchir. Puis je m'assois sur de grosses pierres, les pieds pendant au-dessus de l'eau salée. Je sors les *Intercalaires* de Rachel de mon sac. Un à un, je les relis dans le décor même où ils ont été écrits, en frissonnant parfois. Je dérive avec elle à travers ses amours difficiles qui l'entraînaient droit à la faillite. Lorsque j'ai terminé, je tente de tout oublier pour qu'émerge uniquement ce qui me trouble. Je garde en mémoire l'une de ses premières phrases : *Jusqu'où devrais-je partir pour revenir sans rebrousser chemin ?* Dans ma tête, j'imagine Rachel de retour à Magog pour y vivre avec moi et, au lieu de me combler, cette image m'étouffe. Il faut que je discute avec elle, au risque de déplaire à Victor. Il a raison, je n'aime pas Rachel sans condition. Si je le pouvais, je reprendrais l'avion ce soir, juste pour éviter de troubler sa protégée, de me blesser à ses paroles tranchantes. Je voudrais, comme Rachel l'a fait maintes fois, *fuir cet espace d'où transpirent nos caresses de femmes telles des bombes encore amorcées !*

En courant en sens inverse, je me dis que Rachel a changé, que c'est maintenant impossible qu'elle pense que, *désinvestie de ses amours, elle tomberait là comme une carapace vide rejetée par la mer.* « Non, tu ne tomberas plus, je te soutiendrai, comme Victor, jusqu'à ce que tu reprennes des forces, que tu cimentes tes vérités, tes désirs, tes projets, en somme, ce qui t'habite ! Puis, tu pourras revenir à la maison... » Un point au côté me force à m'arrêter quelques secondes. « Et moi dans tout cela, qui suis-je pour toi ? Au grand jour, devant tes amis, tu me nommais *la pauvre lesbienne incapable d'enfanter* mais, dans l'ombre de nos lits, je

devenais ton amante et ta conjointe! Qu'en est-il maintenant?» Je reprends ma course lentement, en chassant
toutes les pensées qui me tourmentent. Ma respiration se
régularise enfin.

Lorsque j'entre dans notre chambre, Rachel n'y est plus.
Je parcours la clinique à sa recherche: elle prend un apéro-
santé avec Victor. Ils m'invitent à me joindre à eux, ce que
je fais après avoir sauté dans la douche pour enlever le sel
et les peurs qui collent à ma peau. Puis je m'attable, en tête-
à-tête avec Rachel. Victor joue au serveur: quel homme
rusé et discret!

— Vas-tu rester longtemps ici, Marie-Jo?

— À peu près dix jours, à moins de changement.

— Tu penses à moi, quand tu me réponds cela?

— Oui. À ton état de santé. Puis, autant te le dire, à
notre relation amoureuse. J'ai besoin qu'on fasse le point
ensemble.

Je lui prends la main pour qu'elle sache que désormais,
je soutiendrai son regard. Au lieu de la retirer, elle me laisse
entrecroiser nos doigts. Rachel ne semble pas craintive, au
contraire. D'une voix chaleureuse, elle me répond:

— J'allais te proposer la même chose, Marie-Jo. Tout ce
que j'ai vécu depuis un an et demi m'oblige à changer de
cap, à tracer ma route moi-même.

Tout le repas se mange avec les doigts! Victor nous a
donné une clochette pour qu'on l'appelle s'il nous manque
quelque chose. Je suis heureuse qu'il nous laisse seules
parce que je me prépare à parler à Rachel de ce qui me
tourmente depuis tant de mois. D'ailleurs, elle m'y en-
courage:

— Et toi, Marie-Jo, tu sembles loin… Qu'est-ce qui te
trouble autant? Mes blessures? Tu te demandes comment
je pourrai vivre avec des cicatrices, moi qui ai toujours eu
besoin de plaire, de séduire les gens?

— Pas du tout! Je ne m'inquiète pas: tu vas guérir. Toutes tes cicatrices vont fondre au soleil!

— Alors, de quoi s'agit-il?

Rachel reprend ma main, pour m'encourager à poursuivre et, sans doute, pour me voir comme elle peut!

— Tu sais, Rachel, que je suis lesbienne. Et que je t'aime encore. Mais je n'arrive pas à oublier la conversation que tu as eue avec Charles au chalet, avant que tu me mettes dehors... Tu veux que je te cite tes paroles?

Désemparée, elle laisse tomber ma main et se recroqueville sur elle-même, comme si le feu la dévorait de nouveau. Mais je ne peux ni l'étouffer ni l'activer. Seule Rachel contrôle ce brasier mal éteint.

— Si tu savais comme elles roulent encore dans ma gorge, mes paroles! Je n'arrive pas à m'en débarrasser... J'ai honte, Marie-Jo: je te demande pardon!

— Il fallait que je tu saches que j'étais là, que j'ai tout entendu: je ne veux pas d'enfant parce que je crois qu'un enfant a besoin d'un père et d'une mère... À cause de cela, j'ai dû faire mon deuil de la maternité et, tu as raison, je n'ai pas envie de faire l'amour avec un gars, mais il y a d'autres techniques, quand même!

Pour me calmer, j'ai rapproché ma chaise de celle de Rachel et, sans un mot de plus, nous regardons le coucher du soleil sur la mer. Rachel voit toutes les teintes de rouge à travers mes yeux, mes mains et mes lèvres. Nous sommes seules face à l'univers, isolées du reste du monde.

❏

Nous avons discuté ainsi durant des heures pendant ces dix jours de trêve qui nous ont permis de rattraper des mois de retard. Mais ce n'est qu'à l'aéroport que, pour la dernière fois, j'ose demander à Rachel:

— Tu es certaine, Rachel, que tu veux prolonger ta convalescence, que tu ne désires pas rentrer à Magog avec moi?

— Oui, c'est ce que je veux… au risque de te perdre!

Elle se cache la tête dans mes cheveux: je sens ses larmes couler dans mon cou. Depuis trois jours, elle n'a plus de pansements, seulement des lunettes de soleil, à l'extérieur. Je lui murmure ma réponse dans le creux de l'oreille:

— Non, Rachel, tu ne me perdras pas si tu choisis de vivre avec moi au grand jour!

Au lieu de se calmer, elle me serre plus fort encore, comme si elle tentait de puiser en moi ses propres paroles:

— Je ne sais pas ce que je veux… C'est possible que je sois incapable de vivre avec une femme, avec toi, Marie-Jo. Mais si je t'aime toujours autant, je vais essayer de détruire mes préjugés et mes barrières, peu importe le temps que ça prendra!

— Je t'aime tellement, Rachel! Repose-toi… Tu es entre bonnes mains.

Je n'entends pas les derniers mots de Rachel ni les salutations de Victor: je pars avant de ne plus rien voir tellement mes yeux baignent dans l'eau salée de mes larmes. Mais je me retourne: ils sont là, debout, appuyés l'un contre l'autre, et j'ai la certitude qu'ils m'aiment, tous les deux. Alors je leur envoie un baiser, de loin, avant de regagner le pays où l'on marche sur les eaux… blanches!

L'avion décolle avec une heure de retard. Encore du temps que je perds sans Rachel. Cette fois-ci, c'est moi qui patauge comme le canard noir de l'étang pendant que mon amoureuse lustre ses plumes avant son nouvel envol. Je ne peux même pas affirmer qu'elle naviguera vers Magog ou ailleurs dans le monde. C'est la première fois que, dans son histoire personnelle, elle s'arrête dans un lieu où des gens l'aideront à recouvrer la santé. Ce qui m'étonne, c'est la sérénité qui se dégage d'elle, malgré les brûlures qui marquent sa peau. Je crois que si elle a vraiment décidé de régler ses problèmes personnels, elle va réussir, comme tant d'autres l'ont fait. Après tout, l'esclavage de la séduction n'est pas plus grave, mais aussi sérieux que celui de la drogue ou de l'alcool!

— Vous désirez un apéro, madame?

Tiens, me voilà encore servie par le grand blond... Je me demande s'il a passé de belles vacances!

— Une bière bien froide, un oreiller et le silence absolu, s'il vous plaît!

RACHEL

Intercalaire 8

Je n'aurais qu'à me retourner pour te deviner, Marie-Jo, au chaud près du feu, à m'espérer, moi qui marche des heures en solitaire depuis mon retour au Nord. Aussi déterminée que les voiliers sur glace que je croise, je garde mon cap vers l'autre sexe, vers toi que j'aime, Marie-Jo, et avec qui je louvoie, un peu plus présente à chaque virage.

Mon existence, aussi éphémère et solide que cette glace qui recouvre les eaux, prend désormais racine en hiver. Le chalet que j'habite avec toi, Marie-Jo, disparaît dans la poudrerie qui m'enveloppe d'un drap blanc, propre, vierge.

Au delà de l'errance, l'appel du large me guide encore vers les montagnes qui ceinturent le lac, qui me conduisent jusqu'à toi, Marie-Jo. Chaque sommet blanc et rond me souligne les courbes de ton corps. Entre deux hivers, qu'aurons-nous vécu ? Que s'est-il passé au juste entre toi et moi, Marie-Jo, depuis ce fameux bain de mousse que nous avons fait couler à même nos désirs ? Je ne vois plus les montagnes du même œil, de l'œil droit.

Au mitan de ma vie, je change de route : je marche à rebours dans mes propres traces. La deuxième chambre, celle du Yéti, est disparue, emportée par la dernière tempête de verglas. Ne reste que la nôtre, Marie-Jo, où je dors avec toi au grand jour. Qu'y *aura-t-il de vraiment différent entre nous, lorsque le lac aura cessé de nous supporter ?*

Comment prendre mon envol alors que, à force de traverser des frontières, nous sommes toujours ramenées à nous-mêmes ? Je reviens vers notre chalet, celui que m'a légué mon frère avant de s'éloigner pour de bon.

Le lac se repose dans les eaux glacées de la nuit.

Magog, le 7 septembre 1999
Le lendemain de la fête du Travail

DANGER

LE
PHOTOCOPILLAGE
TUE LE LIVRE

Cet ouvrage
composé en Palatino corps 11,5 sur 14,5
a été achevé d'imprimer
en décembre mil neuf cent quatre-vingt-dix-neuf
sur les presses de
Marc Veilleux imprimeur,
Boucherville (Québec).